KB101984

風神 徐潤
풍신 서윤

풍신서윤 8

강태훈 新무협 판타지 소설

초판 1쇄 찍은 날 § 2016년 8월 10일
초판 1쇄 펴낸 날 § 2016년 8월 17일

지은이 § 강태훈
펴낸이 § 서경석

편집책임 § 김현미

펴낸곳 § 도서출판 청어람
등록번호 § 제387-1999-000006호
등록일자 § 1999. 5. 31
어람번호 § 제2-2675호

주소 § 경기도 부천시 원미구 부일로 483번길 40 서경B/D 3F (우) 14640
전화 § 032-656-4452 팩스 § 032-656-4453
http://www.chungeoram.com
E-mail § chungeorambook@daum.net

ⓒ 강태훈, 2015

ISBN 979-11-04-90925-2 04810
ISBN 979-11-04-90522-3 (세트)

풍신 서윤

風神 徐閠

1장
충격(衝擊)

風神徐聞

풍신서윤

설백은 종리혁을 가만히 바라보았다.

언제고 이런 이야기를 해야 할 때가 올 것이라 예상하고 있었기 때문인지 그를 바라보는 설백의 눈빛은 덤덤하기 그지없었다.

생각보다 차분한 그의 눈빛에 종리혁 역시 심적 부담을 조금은 덜 수 있었다. 하지만 그만큼 불길한 예감이 들었다.

잠시 종리혁을 바라보던 설백이 천천히 입을 열었다.

"우선 첫 번째, 그들의 근거지가 어디인지 물었던가?"

"그렇습니다."

"그렇지 그게 가장 중요하겠지. 무림맹에서는 어디로 짐작하고 있는가?"

"운남입니다. 하지만 정확한 위치까지는 파악할 수 없었습니다."

"그랬겠지. 그랬을 게야."

중얼거리듯 말한 설백이 고개를 끄덕이고는 목이 탔는지 차를 한 모금 마셨다. 그러고는 잠시 머뭇거리는가 싶더니 다시 입을 열었다.

"결론부터 얘기하자면 운남이 맞네. 하지만 정확한 위치는 나도 모르네."

"음……"

"내가 아는 곳은 그들의 근거지가 아니었어. 오히려 내가 운남에 갈 때마다 지내던 작은 초옥 같은 곳이지. 내가 정신 금제를 당한 건 초옥이 아니라 근거지였을 테지만 그곳까지 끌려가는 동안 난 의식이 없었네. 그때부터 쭉 의식이 없었다고 보면 되겠지."

설백의 말에 종리혁이 아쉽다는 듯한 표정을 지으며 고개를 끄덕였다.

근거지를 알아낼 수만 있다면 정도무림의 전력을 최대한으로 모아 밀어붙이는 방법도 생각해 볼 수 있겠지만 그 방법은 이제 사용할 수 없다고 봐야 했다.

"제일 중요한 얘기가 남았군."

설백이 말을 잇자 종리혁이 물끄러미 그를 바라보았다. 앞선 이야기보다 더욱 하기 어려운 듯 안색이 많이 어두워져 있었다.

"말씀하기 힘드시면 잠시 쉬시는 게……."

"아닐세. 어디서부터 어떻게 얘기해야 하나 정리 중이었다네. 미안하지만 군우 좀 불러다 주겠는가? 함께 들어야 할 이야기라네."

"알겠습니다."

설백의 말에 종리혁이 방을 나갔다.

그리고 얼마 후, 종리혁이 설군우와 함께 설백의 방으로 돌아왔다.

종리혁으로부터 간단히 어떤 이야기를 나눌 것인지 들은 터라 설군우의 표정에는 긴장감이 잔뜩 묻어 있었다.

두 사람이 돌아오자 설백이 그들을 번갈아 바라보았다. 그러고는 천천히 입을 열었다.

"지금부터 난 내 삶에 있어 가장 부끄러웠던 일을 이야기하려고 한다."

그렇게 말하는 설백의 시선은 먼 허공을 바라보고 있었다.

"마교주, 그는 내 아들이다."

"……!"

설백의 발언에 종리혁과 설군우 모두 충격을 받았다. 특히나 설군우가 받은 충격은 이루 말할 수가 없었다.

마교주가 동생이라는 사실에 어찌 충격을 받지 않을 수 있겠는가.

"정말 창피한 일이지만 다들 알다시피 난 중원 이곳저곳을 돌아다녔네. 자유로운 영혼이었지. 그러다가 한 여인을 알게 되었고, 실수를 저질렀네. 아니, 실수가 아니었지. 마음이 있었으니까. 마교주는 그렇게 해서 얻은 아이일세."

"그런데 어찌 그자가 마교주가 된 겁니까?"

종리혁의 목소리는 떨리고 있었다. 충격이 쉽게 가시질 않았다.

"처음에는 몰랐다네. 그녀가 임신했다는 사실도 몰랐지. 하룻밤이었고, 그 이후로도 난 방랑을 계속했으니까. 그러다가 아이의 존재를 알게 되었고, 그 아이를 나 몰라라 할 수가 없었다네. 그러다가 한참이 지난 후에야 그녀가 전대 마교주의 여인이었다는 걸 알게 되었네. 의도적으로 접근한 것인지 아니면 우연이었는지는 알 수 없었다네."

그렇게 말한 설백이 감정이 격해지는지 잠시 말을 끊었다가 이어 나갔다.

"그 사실을 알게 된 후 의심을 하지 않은 건 아니네. 내 아이가 아니라 마교주의 아이가 아닐까 하는. 하지만 그녀는 죽음을 맞이한 마지막 순간에도 그 아이는 내 아이라고 했다네. 그 말을 믿지 않을 수가 없었지. 데려와야 했어. 하지만 용기가 나질 않았고, 그 아이는 마을 사람들의 손에 길러졌네. 내가 자주 오가긴 했지만 버림받은 것이나 다름이 없었어. 그렇게 세월이 흘렀고, 아이의 존재를 알게 된 마교주가 그 아이에게 마공을 익히게 했다는 걸 뒤늦게 알았네."

종리혁과 설군우는 설백의 이야기를 가만히 듣고만 있었다. 아니, 그럴 수밖에 없었다. 무슨 이야기를 하겠는가.

"깜짝 놀랐지. 그리고 좌절했다네. 내 혈육이 마공을 익혔다니. 죽이는 것이 나을 것이란 생각도 했지만 차마 그럴 수가 없었어. 그렇게 망설이고 있다가 난 마교에 납치되었다네. 그리고 중간중간 의식을 찾을 때마다 여의제룡검을 수련하고 있는 그 아이의 모습을 봤다네. 꿈인지 현실인지 모를 비몽사몽간의 일이었네. 내게 어떤 식의 정신 금제를 가하고는 여의제룡검을 가르치게 했던 모양이네."

"왜 여의제룡검이었을까요? 마공을 익히게 하고 마교의 무공을 가르쳤으면 되었을 텐데."

"가르칠 수 없는 상황이 있었겠지. 그것까지는 나도 잘 모른다네. 어쨌든 현 마교주가 내 자식이며 내가 여의제룡검을 가르친 것도 모두 사실이네."

설백의 충격 고백이 모두 끝났고 종리혁과 설군우는 더 이상 아무런 말도 할 수가 없었다.

"난 이제 그 아이를 멈추게 하고 싶어도 할 수가 없다네. 몸도 상했고 무공도 잃었지. 내 짐을 두 아이에게 떠넘긴 것이나 마찬가지야."

설백의 목소리는 무거웠다. 그리고 그것만큼이나 방 안의 공기도 무거웠다.

"먼저 일어나 보겠습니다."

설군우가 자리에서 일어났다. 단순히 무림의 일이라면 이렇게까지 충격을 받지 않았을 수도 있다.

하지만 가족의 일이라면 이야기는 달라진다.

평생 듣도 보도 못한 아우가 있다고 한다.

그런데 그 아우가 마교의 교주라고 한다.

아버지는 정도무림에서 존경받는 검왕인데 아우는 마교주라니… 꼬여도 이렇게 꼬일 수가 있단 말인가?

다 좋다. 운명의 장난이고 계략에 의해 그런 일이 벌어질 수도 있다 치더라도 갑작스럽게 동생이 생긴 이 상황을 쉽게 받아들이기가 어려웠다.

설백의 방을 나선 설군우는 무거운 한숨과 함께 어두운

표정으로 발걸음을 옮겼다.

아무래도 오늘은 아무 일도 할 수가 없을 것 같았다.

＊　　　　＊　　　　＊

종리혁은 대륙상단에서 이틀을 더 머물렀다.

충격적인 이야기를 들은 탓에 생각을 정리하고 움직여야 할 것 같았기 때문이다.

이틀 동안 종리혁은 수시로 설백을 찾아가 이것저것을 물었다. 하지만 설백의 기억도 단편적이라 크게 도움이 될 만한 정보를 얻기는 어려웠다.

결국 종리혁은 설백에게서 더 이상 무언가를 얻을 수가 없겠다는 판단을 내리고 대륙상단을 떠나려고 했다.

그때까지도 설군우는 최대한 설백, 그리고 종리혁과 마주치지 않으려 했다. 가늠하기는 어렵지만 얼마나 큰 충격을 받았을지 이해할 수 있었기에 애써 그를 찾지는 않았다.

그리고 그가 떠나기로 한 날, 매영이 음귀곡주의 뒷덜미를 움켜쥐고 대륙상단으로 돌아왔다.

매영이 돌아오자 태사현과 서시 곁에 남아 있던 봉황곡 살수 중 한 명이 나타났다.

"미안해. 나만 살아 돌아왔어. 여기 그들 목숨값."

그렇게 말하며 매영이 음귀곡주를 바닥에 아무렇게나 내동댕이쳤다.

그를 본 봉황곡 살수는 살심이 동했으나 겨우겨우 참아 내었다.

지금은 서시의 치료가 우선인 상황.

그를 죽이는 것은 치료가 모두 끝난 후에 해도, 아니, 서시의 치료법을 실토하게 만든 후라도 늦지 않았다.

"매향이랑 의선은?"

"치료 중이오."

봉황곡 살수가 짧게 대답했다.

"치료 중이라고? 어떻게?"

"방법을 찾은 것 같다고 했소. 자세한 건 나도 모르오."

"그래서 지금 어디 있는데?"

그녀의 물음에 봉황곡 살수는 대답 대신 그들이 있는 곳으로 음귀곡주가 움직이지 못하도록 단단히 움켜잡은 채 앞장섰다.

그 시각, 종리혁은 설백의 방에 있었다.

떠나기 전 그간 있던 이야기가 아니라 마음 편히 담소라도 나누고 싶었기 때문이다.

종리혁의 그런 마음 때문일까.

설백도 조금은 마음의 짐을 내려놓고 미소를 띤 채 대화를 나누고 있었다.

'음?'

대화를 나누던 종리혁은 가까이 지나쳐 가는 낯선 기운을 느꼈다.

누구의 것인지는 알 수 없었으나 그 실력이 결코 낮지 않았다. 그리고 한 가지 더.

'정도의 기운이 아니다.'

종리혁의 얼굴이 딱딱하게 굳었다. 그의 표정 변화를 보고 있던 설백은 무슨 사달이 벌어졌다는 것을 알아차렸다.

"나가보시게. 혹여나 무슨 일이 벌어질 것 같으면 나보다는 내 자식들부터 챙겨주게."

설백의 말에 종리혁이 흔들리는 눈동자로 설백을 바라보았다.

무공을 잃은 제왕의 모습이 이다지도 초라할 수 있다는 것을 처음 깨닫게 되는 종리혁이다.

"알겠습니다."

그렇게 대답한 종리혁이 검을 들고 자리에서 일어났다. 그러고는 기운이 사라진 쪽으로 서둘러 발걸음을 옮겼다.

*   *   *

매영과 음귀곡주는 태사현과 동이 서시를 치료하고 있는 곳에 도착했다.

문을 열고 안으로 들어가자 태사현과 동이 구슬땀을 흘리며 무언가를 열심히 하고 있었다.

"치료 중이라고요?"

매영의 말에 태사현과 동이 동시에 그녀를 바라보았다. 그러고는 역시나 동시에 음귀곡주에게로 시선이 옮겨갔다.

"음귀곡주인가?"

"맞아요. 음귀곡주예요."

매영의 말에 태사현이 하던 것을 멈추고 그에게로 다가갔다.

"실혼인의 치료법, 있나?"

태사현의 물음에 음귀곡주가 날카로운 눈빛으로 그를 노려보았다.

간담이 서늘해질 법한 눈빛이었으나 태사현은 그것을 피하지 않고 재차 물었다.

"치료법, 있나?"

"일반적인 실혼인이라면 당연히 치료법은 없지."

"그렇다면 역시 이 여인은 일반적인 실혼인이 아니었다는 뜻이군. 역시… 그랬어."

태사현이 뭔가 알겠다는 듯 고개를 끄덕였다. 그러자 음귀곡주가 인상을 찌푸렸다.

"치료법을 찾은 건가?"

"아니. 거의 다 왔다는 건 알겠는데 아직 끝이 보이질 않는군."

태사현이 고개를 젓자 표정을 푼 음귀곡주가 득의양양한 미소를 지었다.

"당연하지. 회심의 역작을 이렇게나 쉽게 치료할 수는 없지. 아무리 의선이라도 그건 불가능할 것이다."

자신에 찬 음귀곡주의 말을 뒤로하고 태사현이 몸을 돌렸다. 그러고는 다시금 서시 쪽으로 다가갔다.

서시는 예전처럼 발작을 보이지 않고 죽은 듯 누워 있었다.

"어서 말해. 어떻게 해야 하지?"

매영이 음귀곡주의 목에 단검을 들이대며 물었다. 그러자 다시금 인상을 찌푸린 그가 말했다.

"이렇게 봐서는 모른다. 가까이에서 자세히 봐야 알지."

"그럼 가서 봐. 대신, 허튼수작 부리면 그땐 죽어."

"아, 알겠다."

그렇게 말한 음귀곡주가 서시에게 다가갔다. 그러자 태사현과 동이 자리를 비켜주었다.

서시의 상태를 살피던 음귀곡주의 표정이 순간 딱딱하게

굳었다가 원래대로 풀어졌다.

[상태가 어때?]

[치료가 제대로 되고 있다. 거의 다 풀었어. 몸이야 어떻게 할 수 없다지만 정신은 제대로 되돌리기 일보 직전이야. 의선, 무섭군.]

매영의 전음에 음귀곡주 역시 전음으로 대답했다.

[얼마나 걸리겠어?]

[제법 걸릴 거다. 단시간에 마무리 짓기는 어렵겠어.]

[그냥 이대로 다 죽여 버리면?]

[그런다고 뭐가 달라지나? 괜히 일만 키울 뿐이야. 어차피 내가 하는 걸 의심하지는 않을 테니 치료하는 척하면서 다시 금제를 가하겠다.]

음귀곡주의 말에 매영이 보일 듯 말 듯하게 고개를 끄덕였다.

그때였다.

"이런 곳이 있었다니."

문이 열리며 종리혁이 나타났다. 그러자 매영과 음귀곡주는 움찔했다.

서시의 상태에 대한 이야기를 하느라 종리혁이 다가오는 걸 눈치채지 못한 것이다.

"누구시오?"

"종리혁이라고 합니다. 현 무림맹주를 맡고 있지요. 제 예상이 맞는다면 의선이 아니십니까?"

"맞소이다. 이곳에 처박혀 있느라 귀한 분이 오신 것도 몰랐구려. 미안하오."

"아닙니다. 괜찮습니다."

미소를 지으며 대답한 종리혁이 천천히 태사현과 동이 있는 쪽으로 걸어갔다.

그러자 매영과 음귀곡주의 얼굴이 똥 씹은 표정으로 바뀌었다.

"이 여인은 누굽니까?"

"봉황곡주라 하더이다. 이자는 음귀곡주이고. 이자가 곡주를 실혼인으로 만들었고, 그 치료법을 찾고 있소."

"음귀곡주?"

종리혁이 놀란 표정을 지었다. 설마하니 음귀곡주일 줄은 몰랐던 것이다.

"이자가 어떻게……."

"저 여인이 데려왔소. 곡주의 친언니라 하더이다."

"그렇군요."

종리혁이 고개를 끄덕였다. 그러고는 은밀히 태사현에게 전음을 보냈다.

.[가만히 제 얘기를 듣고만 계십시오. 무슨 일이 벌어지든 제 뒤에 계셔야 합니다. 음귀곡주의 무공이 상당합니다. 잡혀왔다면 어떤 식으로든 무공을 제압했을 텐데 그런 것이 없어 보입니다.]

종리혁의 전음에 태사현은 깜짝 놀랐지만 겉으로는 음귀곡주가 하는 것에 집중하고 있는 것처럼 보였다.

[저 여인의 말이 사실인지는 모르겠지만 지금의 정황상 둘이 한패일 가능성이 높습니다. 위험할 수 있으니 당부한 대로 제 뒤에 계십시오.]

그렇게 전음을 보낸 종리혁은 가만히 기회를 보았다.

음귀곡주는 뒤통수로 날아와 꽂히는 따가운 시선을 느끼며 식은땀을 흘렸다.

'이제 조금만 더 하면……'

그렇게 속으로 중얼거리며 또 하나의 혈을 점하려는 찰

나, 종리혁이 움직였다.

"그만."

어느새 음귀곡주의 목 언저리에 검이 닿아 있었다. 매영도 손쓰기 어려울 정도로 빠른 출수였다.

"일어나시지, 음귀곡주."

종리혁의 낮은 목소리에 음귀곡주가 서시에게서 손을 떼고는 천천히 자리에서 일어나 매영에게로 다가갔다.

상황이 그렇게 돌아가자 근처에 있던 봉황곡 살수들이 서시와 두 사람 사이를 막아섰다.

그러자 태사현과 동은 서둘러 서시의 상태를 살폈다.

"다시 정신 금제를 하려 했소."

태사현의 말에 모든 것이 분명해졌다. 그에 종리혁이 날카로운 눈빛으로 두 사람을 노려보았다.

"연기까지 해가면서 온 이유가 뭐지? 이 여인 때문인가?"

종리혁의 물음에 두 사람은 아무런 대답도 하지 않았다. 그러자 이번에는 봉황곡의 살수들 중 한 명이 물었다.

"우리 동료들은 어떻게 됐나?"

"말했잖아. 죽었다고."

매영의 대답에 봉황곡 살수들의 살기가 짙어졌다. 그러자 태사현이 소리쳤다.

"살기를 거두시오! 다시 금제를 가하던 중이라 살기에 반응할지도 모르오!"

그의 외침에 봉황곡 살수들이 살기를 거두었다. 하지만 이미 살기에 노출된 서시가 천천히 발작을 일으키기 시작했다.

그나마 다행이라면 아직 의식을 차리지 못하고 있다는 점이었다.

그러자 봉황곡 살수들이 서둘러 그녀의 몸을 붙잡았다. 그리고 태사현과 동은 서둘러 다시금 금제를 푸는 작업을 시작했다.

종리혁은 여전히 두 사람에게 시선을 고정시키고 있었다.

"이봐, 맹주. 이곳 상단에 있는 사람들을 다 죽일 생각은 아니겠지?"

매영의 말에 종리혁은 더욱 날카롭게 그녀를 노려보았다.

"겨우 목숨 부지하고 있는 검왕까지 죽을 수도 있어."

그렇게 말하며 매영이 입가에 미소를 지었다. 이 정도 협박이라면 종리혁이 섣불리 움직이지 못할 것이라 생각한 것이다.

하지만 그것은 너무나 큰 오산이었다.

"그렇다고 굴러들어 온 적을 그냥 보낼 수는 없지."

그렇게 말한 종리혁이 움직였다. 상당히 빠른 움직임. 매영은 재빨리 몸을 빼내었지만 상대적으로 반응 속도가 느린 음귀곡주는 그러지 못했다.

종리혁의 검이 음귀곡주의 목을 그었다.

뒤로 몸을 빼내려 했으나 종리혁의 움직임은 음귀곡주가 생각한 것보다 더 예리하고 빨랐다.

서걱!

음귀곡주의 목이 날아갔다. 그러자 피가 분수처럼 솟구쳤다.

피 냄새가 건물 안에 퍼지자 서시가 다시금 반응하기 시작했다.

"어서 창문을 열고 시체를 치워!"

태사현의 말에 동이 서둘러 창문들을 활짝 열었다. 시체를 치우는 것은 봉황곡의 살수 한 명이 맡았다.

"죄송합니다. 상황이 여의치 않아 이것저것 고려할 수가 없었습니다."

종리혁이 매영에게 시선을 고정시킨 채 말했다.

"괜찮소!"

태사현이 서시의 치료를 계속하며 소리쳤다. 그러자 고개를 끄덕인 종리혁이 작게 숨을 내쉬었다.

남은 건 매영 한 명.

종리혁은 오랜만에 피가 끓는 것을 느꼈다.

"이런 기분도 오랜만이군."

그의 말에 매영은 섬뜩한 기분을 느꼈다.

직접 만나는 것은 처음이지만 무림맹주가 누구던가. 오대 세가 출신이 아님에도 맹주의 자리에 오른 자다.

그만큼 무위가 상당한 사람이라는 뜻.

아무리 맹주가 된 후로 책상 앞에 앉아 실무만 봤다고는 하지만 그 실력이 줄어들지는 않았을 것이다.

'일단 피하고 본다.'

매영은 기회를 보았다. 하지만 종리혁의 시야에서 벗어나 기가 쉽지 않을 듯했다.

그녀의 뒤에는 문이 있었다.

그대로 뛰쳐나가면 될 일이지만 종리혁에게 잡힐 것 같다 는 강한 예감에 차마 그러지 못하고 있었다.

종리혁도 움직이지 않고 있었다.

방금 전 자신이 일격을 날렸을 때 그녀가 살수의 무공을 익혔다는 것을 파악한 상태였다.

섣불리 움직였다가는 놓칠 수도 있었다.

깜빡.

종리혁이 눈을 한 번 깜빡였다.

팍!

종리혁의 눈꺼풀이 내려오는 그 찰나의 순간을 놓치지 않고 매영이 뒤쪽 문을 향해 신형을 날렸다.

하지만 종리혁의 반응 속도 역시 만만치 않았다.

서시의 두 발이 땅에서 떨어짐과 동시에 종리혁도 땅을 박차고 있었다.

거의 동시에 건물 밖으로 나온 두 사람.

종리혁은 지체하지 않고 검을 뿌렸다.

쒜에에에엑!

그의 검에서 쏘아져 나온 검기가 빠르게 매영을 향해 날아갔다.

하지만 매영은 공중에서 가볍게 몸을 비틀며 종리혁의 검기를 피해냈다. 물론 머리카락이 조금 잘리는 것까지는 막을 수가 없었다.

몸을 비틀어 검기를 피해낸 매영의 눈에 종리혁이 보였다.

이미 다음 수를 펼치기 위해 준비를 마친 상태였다. 그 모습이 눈에 들어오자 매영은 속으로 아차 싶었지만 이미 늦은 상태였다.

팍!

종리혁이 박찬 자리의 땅이 움푹 파였다.

박차는 힘만큼이나 빠르게 쏘아져 나가는 그의 신형. 매영을 응시하는 두 눈에는 망설임이 없었고 출수하는 검에는 자비가 없었다.

피할 수 없다는 것을 깨달은 매영은 그대로 떨어지며 두 개의 단검을 꺼냈다.

피할 수 없다면 막아야 했고, 막을 수 없다면 그 피해를 최소화해야만 했다.

쩌엉—!

청아한 쇳소리가 울렸다. 하지만 그 여파는 사방을 뒤덮었다.

콰콰콰쾅!

엄청난 폭음. 마치 지진이라도 난 듯 주변의 모든 것이 진동하기 시작했다.

콱! 콰각! 콰드드득!

종리혁의 공격에 당한 매영이 땅에 몇 번 튕기며 날려갔다.

반면 가볍게 착지한 종리혁은 차가운 눈빛으로 그녀를 응시하며 천천히 다가갔다.

"쿨럭!"

매영이 피를 토했다. 그와 동시에 팔에서 지독한 통증이 밀려왔는데 오른쪽 팔이 괴상한 방향으로 꺾여 있었다.

허공에 떠 있는 상황이라 제대로 힘을 줄 수 없던 탓에 종리혁이 펼친 공격의 위력을 제대로 받아내지 못한 까닭이다.

매영은 몸을 부르르 떨었다.

내, 외상이 상당해 정신을 잃어도 이상하지 않을 정도의 통증 때문이기도 했지만 종리혁의 압도적인 무위 때문이었다.

이 정도로 강할 줄은 몰랐다.

사실 그들이 신경 쓰는 고수는 서윤 한 명뿐이라 해도 과언이 아니었다.

소림과 무당, 팽가, 황보가, 남궁가 등 현재 정도의 주력이라 할 수 있는 이들은 크게 신경 쓰지 않았다.

하지만 서윤은 언제든 판세를 뒤집을 수 있는 실력을 가지고 있었다.

그런데 방금 전 종리혁이 보인 무위는 서윤 못지않은 것 같았다.

만약 종리혁이 맹주가 아니고, 그가 전선에서 뛰는 무인이었다면 더더욱 판세가 어렵게 돌아갈지도 모를 일이었다.

"뭘 물어도 대답하지 않겠지. 그러니 그냥 죽어라."

종리혁의 말에 매영은 다시 한 번 몸을 부르르 떨었다. 실로 오랜만에 죽음에 대한 공포를 맛보는 그녀였다.

매영의 앞에 선 종리혁이 망설임 없이 검을 휘둘렀다.

하지만 매영은 종리혁의 의도대로 호락호락 당하지 않았다.

통증이 상당한 상태에서도 이를 악물고 몸을 피했다. 또 하나의 상처가 몸에 새겨졌지만 목이 떨어지는 것보다는 훨씬 나았다.

피를 흘리며 거리를 벌린 매영을 보며 종리혁이 인상을 찌푸렸다.

그러고는 자신의 검을 한 번 슬쩍 쳐다보고는 무심하게 중얼거렸다.

"너무 책상 앞에만 앉아 있었더니 실력이 녹슨 모양이군."

종리혁이 그렇게 말하고는 매영을 쳐다보았다.

그의 눈빛을 마주한 매영은 다시 한 번 오싹함을 느껴야만 했다.

긴장한 기색이 역력하던 매영의 얼굴이 조금 풀어졌다.

가까이 다가온 기척 때문이었다. 은밀하게 접근한 수하들의 기척을 느낀 매영이 힘겹게 몸을 일으키며 말했다.

"상단 전체를 날려 버릴 생각은 아니겠지? 그리고 저 안쪽 상황에도 대비해야 하지 않겠어?"

매영의 말에 종리혁이 인상을 찌푸렸다. 주변에 나타난 기척은 진작 느끼고 있었다.

그가 인상을 찌푸릴 정도로 짜증이 난 것은 그 기척 때문이 아니라 이런 상황까지 만든 자신 때문이었다.

"운이 좋군. 뭐, 그래도 음귀곡주의 목을 딴 것만으로도 큰 수확이라 할 수 있겠지. 적어도 실혼인들은 막았으니."

"후후, 과연 그럴까?"

그렇게 말하는 매영의 곁에 그녀의 수하들이 나타났다. 일부는 부상이 심한 매영을 부축하고 일부는 그 앞에서 종리혁을 잔뜩 경계하고 있다.

가만히 그들을 지켜보던 종리혁이 검을 거두었다.

그러자 나타난 이들이 매영을 데리고 그 자리에서 사라졌다.

"음귀곡주가 죽었어도 실혼인들은 계속 움직인다는 것인가?"

그렇게 말한 종리혁이 슬쩍 건물 밖으로 나와 있는 음귀곡주의 시신을 바라보았다.

'그냥 살려둘 걸 그랬군.'

그렇게 중얼거린 종리혁이 건물을 바라보았다. 다행히 안쪽에서 소란이 느껴지지 않는 것을 보니 위험한 상황은 없는 듯했다.

'지금은 안 가는 게 낫겠지.'

그렇게 중얼거린 종리혁은 깊은 한숨과 함께 장내를 벗어났다.

방금 전 있던 소란으로 대륙상단 내부에는 두려움이라는

감정이 가득 내려앉아 있었다.

본의 아니게 소란을 피운 종리혁은 설군우를 찾았다.

지난 며칠 동안 그가 일부러 자신과 설백을 피했다는 것을 알고 있었으나 방금 전의 일에 대해서는 직접 얼굴을 보고 설명해야 할 것 같았기 때문이다.

종리혁이 찾아오자 역시나 설군우는 방금 전의 일 때문인지 잔뜩 표정이 상기되어 있었다.

"죄송합니다. 많이 놀라셨을 것 같습니다."

"아닙니다. 괜찮습니다. 무슨 일이 있었던 겁니까?"

설군우의 목소리는 떨리고 있었다. 그에 종리혁은 차분하게 방금 전에 있던 일을 설명했다.

"걱정 마십시오. 우환은 모두 정리했습니다."

"다행이군요."

설군우가 놀란 가슴을 쓸어내리며 말했다.

"그래도 혹시 모르니 당분간은 제가 이곳에서 지내는 것이 나을 것 같은데, 그래도 괜찮겠습니까?"

"맹을 오래 비우셔도 되겠습니까?"

"괜찮습니다. 중요한 일은 제갈 군사가 대부분 처리하고 있고 서윤이 맹에 있으니 안전도 어느 정도 보장되어 있다고 할 수 있습니다."

종리혁의 말에 고개를 끄덕인 설군우가 입을 열었다.

"그럼 당분간 부탁드리겠습니다."

"예, 그렇게 하겠습니다."

용무를 마친 종리혁이 집무실을 나서려는데 설군우가 그를 붙잡았다.

"아버지는 괜찮으십니까?"

"괜찮으십니다."

"그렇군요."

설군우가 어두운 표정으로 고개를 끄덕였다. 많이 혼란스럽지만 그래도 설백의 안위가 걱정스러운 건 자식이기에 당연한 감정이었다.

"너무 염려하지 마십시오. 그리고… 주제넘은 말인지도 모르지만 선배님을 너무 미워하지는 마십시오."

"미워하지는 않습니다. 제 아버지 아닙니까. 다만 어떻게 이해하고 어떻게 받아들여야 할지 모르겠어서 그런 겁니다. 시간이 지나고 정리가 되면 자연스럽게 예전으로 돌아갈 겁니다."

설군우의 대답에 종리혁이 가만히 고개를 끄덕였다. 그러고는 그의 집무실을 나섰다.

닫히는 문틈으로 설군우의 깊은 한숨이 흘러나왔다.

*　　　　*　　　　*

수하들의 부축을 받아 대륙상단을 벗어난 매영은 곧장 의식을 잃었다.

사실 그때까지 정신을 차리고 있는 것 자체가 대단한 일이라 할 수 있었다.

매영을 부축해 빠른 속도로 대륙상단에서 멀어지던 수하들이 갑자기 멈춰 섰다.

그러고는 모두가 잔뜩 긴장한 표정으로 어느 한곳을 응시했다.

그들의 시선이 닿은 곳에는 한 사람이 서 있었다. 바로 전대 마교주였다.

"초주검이 됐군. 어디서 오는 길이지?"

"대, 대륙상단입니다."

전 교주의 몸에서 범접할 수 없는 기운이 흘러나오자 거기에 압도된 매영의 수하들은 묻는 말에 순순히 대답했다.

"대륙상단이라……. 그자가 이렇게 만들었을 리는 없고. 누구냐, 이렇게 만든 이가?"

"무림맹주입니다."

"맹주? 좋군. 처음부터 대어가 걸려들다니."

그렇게 말한 전대 마교주가 미소를 지었다. 기분 좋은 미소라기보다는 잔인하고 섬뜩한 미소였다.

그리고 그 순간, 그가 사라지는 것 같더니 그들의 뒤쪽에서 나타났다.

전대 마교주가 사라졌다가 나타난 그 순간, 매영의 수하들 모두가 비명도 지르지 못하고 쓰러졌다.

"쓸모없는 소모품들 따위는 몸풀기 용으로 딱이지."

그렇게 중얼거린 전대 마교주가 천천히 발걸음을 옮겼다.

그의 뒤에는 가만히 놔둬도 숨이 끊어질 매영과 주검이 된 그녀의 수하들만 남아 있었다.

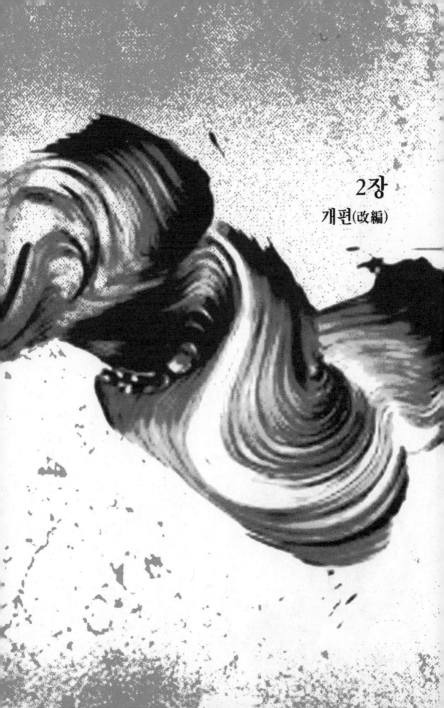

2장
개편(改編)

風神 徐潤

풍신서윤

대륙상단에서 있던 소란 때문에 종리혁은 상단에 계속해서 머물고 있었다.

그날 하루는 분위기가 어수선했으나 다음 날이 되자 언제 그랬냐는 듯 원래의 일상으로 돌아왔다.

비록 상단이긴 하지만 무림과 전혀 동떨어진 세상을 살아가는 사람들도 아니었기에 두려움이 오래가지는 않았다.

그것은 종리혁의 존재가 함께하고 있기 때문이기도 했다.

태사현은 동과 함께 서시의 치료를 계속해 나갔다.

비록 음귀곡주가 손을 써서 조금 지연이 되었으나 크게

틀어지거나 한 것은 아니었기에 시간이 걸린다 하여도 치료
는 할 수 있을 것 같았다.

희망을 보았기에 태사현과 동은 더욱 힘을 내어 서시의
치료에 정성을 쏟았다.

                    *   *   *

무림맹에서 의협대원들을 비롯한 무인들의 수련을 봐주
며 하루하루를 보내던 서윤은 대륙상단에서 온 소식을 접
하고는 분통을 터뜨렸다.

대륙상단에서 온 소식은 매영과 관련된 것이었다.

서윤과 함께 그 소식을 접한 설시연 역시 얼굴이 빨개질
정도로 화가 끓어올랐다.

매영을 향한 분노이기도 했지만 그런 속임수에 넘어간 자
신들을 향한 분노이기도 했다.

"상단에 한 번 갔다 와야 하는 건 아닐는지……."

수련을 중단시키고 처소에 들어와 분을 삭이던 서윤이 중
얼거리자 설시연이 고개를 저었다.

"맹주님이 계시잖아요. 그러니 너무 걱정 말아요. 우리는
여기서 맡은 임무를 다 하면 돼요."

"하지만……."

설시연이 불안해하는 서윤의 손을 잡아주었다. 그러자 작게 한숨을 내쉰 서윤이 다시 말을 이었다.

"무공만 강해진다고 해서 다 되는 건 아닌 모양입니다. 그런 속임수에 넘어가다니."

"저도 넘어갔는데요. 자책하지 말아요. 결과적으로는 아무 일도 없었잖아요. 작정하고 속이려고 하면 누구든 다 속아 넘어갈 수밖에 없어요. 아니면 사기꾼들이 어떻게 생기겠어요?"

설시연의 말에 서윤이 피식 웃었다. 사기꾼까지 들먹이며 자신을 안심시키려는 그녀의 모습에 마음이 조금 풀린 것이다.

"그런데 속상해요."

"속상하죠. 저도 속상합니다."

"아니, 그거 말고요."

그녀의 대답에 서윤이 의아해하는 표정으로 설시연을 바라보았다.

"말투는 언제 고칠 거예요? 아직도 딱딱하게 이랬습니다, 저랬습니다."

"많이 고쳐지지 않았어요?"

서윤의 물음에 설시연이 눈을 흘겼다. 그러자 서윤이 억울하다는 듯 말했다.

"그렇다고 누이한테 반말을 할 수도 없지 않습니까."

"그건 그렇지만······."

"앞으로 더 노력할 테니 여기서 그만."

서윤의 말에 설시연이 입을 한 차례 삐쭉 내밀고는 토라진 듯 고개를 돌렸다.

"삐쳤어요?"

"몰라요. 말 시키지 말아요."

그녀의 시큰둥한 반응에 서윤이 머리를 긁적였다. 아직도 이럴 때에는 어떻게 해야 할지 알 수가 없어 답답하기만 했다.

똑똑똑.

그때 그런 서윤을 구원해 주는 소리가 들렸고, 서윤은 바로 자리에서 일어나 반갑다는 듯 문을 열었다.

"대주님."

"무슨 일이지?"

문밖에 서 있는 사람은 다름 아닌 위지강이었다. 위지강은 굉장히 미안해하는 표정을 짓고 있었다.

"표정은 왜 그래?"

"좋은 시간 방해한 것 같아서······."

위지강의 말에 피식 웃은 서윤이 다시 물었다.

"진짜 무슨 일이야?"

"군사께서 찾으십니다."

"군사께서? 알았다. 바로 갈게."

"옙."

그렇게 말한 위지강이 서둘러 그 자리를 벗어났다. 그 모습에 고개를 절레절레 흔들고는 안으로 들어갔다.

"군사께서 찾으신대요?"

"그렇다고 하네요. 가봐야겠어요."

"알았어요. 전 한숨 자야겠네요."

그렇게 말한 설시연은 침상에 누웠고, 서윤은 곧장 제갈공의 집무실로 향했다.

"아, 어서 오게."

제갈공은 집무실로 들어서는 서윤을 자신의 책상 쪽으로 불렀다. 그의 책상 위에는 여러 가지 서류가 수북이 쌓여 있었다.

"무슨 일로 찾으셨습니까?"

"할 얘기가 좀 있어서 불렀네. 어떤가? 요즘 가르칠 만한가?"

"나쁘지는 않습니다."

"그래? 잘됐군. 저쪽에 좀 앉지."

제갈공의 말에 서윤이 한쪽에 있는 의자에 가서 앉았다.

그러자 제갈공은 책상 위에 있는 서류 중 몇 가지를 들고 서윤의 맞은편에 앉았다.

"자네가 훈련시키고 있는 자들이 어떤 자들인지 아는가?"

"잘 모르겠습니다."

"그럴 테지. 얘기해 준 적도 없고 말한 사람도 없을 테니까."

그렇게 말한 제갈공이 서윤에게 들고 있던 서류 뭉치를 건넸다.

서류를 받아 든 서윤은 한 장 한 장 꼼꼼히 살폈다. 서류에는 서윤이 가르치고 있는 무인들의 신상이 상세히 적혀 있었다.

"그들이 각자 속해 있는 부대가 있다는 건 알고 있을 걸세."

"예, 알고 있습니다."

"그럼에도 그들이 다른 부대의 대주인 자네에게 훈련을 받고 있는 건 다 그만한 이유가 있다네."

"무슨 이유입니까?"

"거창한 이유는 아니네. 여러 가지 이유로 각자 속한 부대 내에서 고문관으로 낙인찍힌 자들이지."

"고문관……."

서윤도 들어서 알고 있었다. 각 부대마다 한두 명씩 분위기를 흐리는 고문관이 있었고, 그들은 사사건건 다른 부대원들의 눈치를 보며 생활하고 있다는 것도 들었다.

"고문관이 된 이유가 뭡니까?"

"여러 가지 이유가 있겠지. 뭐, 대부분이 무공 수준 때문일 걸세. 성격적으로 크게 모난 이는 없으니."

제갈공의 말에 서윤이 고개를 끄덕였다.

가르치는 내내 눈 밖에 나는 행동을 한 사람은 한 명도 없었다.

"이렇게 오늘 부른 것은 자네의 의견을 묻고자 함이네. 어떤가? 이들을 의협대에 편입시키는 것이."

"예?"

물론 훈련시키는 사람들 중 의협대로 데려오고 싶은 사람이 몇 있기는 했으나 전부를 편입시키는 게 어떻겠냐는 제갈공의 제안은 서윤을 당황스럽게 만들기 충분했다.

"어차피 저들은 소속 부대 내에서도 눈칫밥만 먹으며 지내야 하네. 돌아가서 고생하는 것보다는 의협대에 들어가서 새롭게 출발하는 게 낫겠다는 생각이 들어서 말일세."

"솔직히 말씀드리면 몇몇은 의협대에 데려와도 되겠다 싶은 생각이 들긴 했습니다만……."

"전부는 어렵겠지?"

"아무래도 그렇습니다. 인원이 많아지면 제가 감당하기

어려울 것 같기도 하고요."

서윤의 대답에 제갈공이 고개를 끄덕였다.

"그럼 골라보게. 누군가?"

제갈공의 말에 서윤이 서류들을 살펴보더니 몇 장을 제갈공에게 건넸다.

"그런데 이들도 의협대에 오고 싶어 한답니까?"

"아직 모르네. 이제부터 한 명씩 불러서 면담을 해볼 생각이라네. 어쩌겠는가? 자네도 함께하겠는가?"

"아닙니다. 전 그런 주변머리는 없어서……. 결과가 나올 때까지 돌아가 있겠습니다."

"그럼 그렇게 하게. 곧 기별하지."

"예."

제갈공와 대화를 마친 서윤은 그의 집무실을 나섰다. 그러고는 문밖에 서서 잠시 제갈공의 제안을 곱씹어본 서윤은 복잡 미묘한 표정을 한 채 자신의 처소로 발걸음을 옮겼다.

낮잠을 자던 설시연은 서윤이 들어오는 소리에 잠에서 깼다. 부스스한 표정으로 잠시 멍하니 있던 그녀가 서윤에게 물었다.

"무슨 일이었어요?"

"제안을 하나 하시더군요."

"제안이요?"

그녀의 물음에 서윤은 제갈공으로부터 들은 이야기를 전부 해주었다.

"그러니까 지금 수련시키고 있는 사람들이 각 부대에서 환영받지 못하는 사람들이고 그들을 의협대에 편입시키라는 말이죠?"

"맞아요."

"그래서 뭐라고 했어요?"

"그 사람들 중에서 탐나는 이도 있으니까 일단 전부는 어렵고 원하는 사람들 명단을 얘기하고 왔어요. 그 사람들 의사도 중요하니 얘기해 보고 알려주신다더군요."

서윤의 말에 설시연이 미소를 지으며 말했다.

"누가 오기 싫다고 하겠어요. 가가한테 수련까지 받은 사람들인데."

"수련을 받는 것하고 적을 옮기는 건 다른 문제니까요. 만약 우리 대원들 중 한 명한테 다른 부대로 옮겨가라고 하면 가겠어요?"

"상황이 다르죠. 그 사람들은 같은 부대원들 사이에서 환영받지 못하는 사람들이잖아요. 힘든 곳은 빠져나오고 싶은 법이에요."

설시연의 말에 서윤은 말없이 고개를 끄덕였다. 생각해

보면 자신은 환영받지 못한 적이 없으니 복 받은 것이라는 생각이 들었다.

"좋게 생각해요. 큰 사람이 되려면 많은 사람을 통솔해 보는 그런 경험도 필요한 법이에요."

"그런 건 어떻게 알아요?"

서윤이 신기하다는 듯 물었다. 그러자 설시연이 미소를 지으며 말했다.

"가가보다 두 해 더 살면서 알게 된 거예요."

그녀의 말에 서윤이 피식 웃음을 터뜨렸다.

"또 알아요? 내가 나중에 맹주 부인이 될지."

"예? 맹주 부인이요?"

"뭘 그렇게 놀라요?"

서윤의 반응이 재미있다는 듯 웃으며 말했다.

"맹주라니요. 전 그런 거 못 해요."

그렇게 말한 서윤이 침상에 누워 천장을 바라보며 중얼거리듯 말을 이어갔다.

"전 이 싸움이 끝나면 조용한 곳에 가서 살 거예요. 예전에 어머니, 아버지와 함께 살던 그때처럼. 비록 부모님은 안 계시지만 이제는 옆에 누이가 있으니까."

"흥! 누가 같이 산대요?"

그렇게 말하면서도 설시연은 싫지 않은 기색을 보였다.

"어쨌든 이 싸움이나 빨리 끝났으면 좋겠네요. 끝나긴 하 겠죠?"

설시연이 서윤의 옆에 누우며 묻자 서윤이 그녀에게 팔베 개를 해주며 말했다.

"그럼요. 당연하죠. 끝날 거예요. 아니, 끝낼 겁니다. 내 손으로."

사흘 후 창무전 앞.

서윤과 기존 의협대원들은 새로운 식구를 맞이하게 되었 다.

서윤이 제갈공에게 전한 명단에 있는 사람들 모두 의협대 로 오는 것을 망설이지 않았다.

기존 부대에서 눈칫밥을 먹고 있었기에 이미 정이 떨어진 상태였고, 무엇보다 의협대에는 서윤이 있었기에 결정하는 데 어렵지 않았다.

신입 대원들의 앞에 선 서윤은 가만히 그들을 바라보았 다.

그에 신입 대원들 역시 말똥말똥한 시선으로 서윤을 바라 보았다.

너무 부담스럽게 쳐다보는 통에 잠시 시선을 피한 서윤이 머뭇거리다가 입을 열었다.

"다들 반갑습니다."

짧게 한마디 한 서윤이 그들에게 미소를 지어 보였다. 그리고 서윤의 뒤쪽에 서 있던 기존의 대원들 역시 미소로 새로운 동료를 맞이했다.

그 미소에 신입 대원들도 긴장이 풀리고 마음이 편해질 수 있었다.

"지금의 의협대는 원래 의협대 삼조였습니다. 각각 검, 도, 권을 사용하는 인원들끼리 한 조를 만들었죠. 나머지 조는 안타깝게도 함께하지 못하고 이렇게 우리만 남았습니다. 그것이 지금의 의협대죠. 여러분은 모두 검을 쓰는 분들입니다. 처음에도 말했지만 전 다른 병장기를 사용하는 무공은 잘 모릅니다. 어찌어찌 여러분께 도움이 되었을지 모르지만 분명 한계가 있을 수밖에 없죠."

서윤의 말에 신입 대원들 중 몇 명은 고개를 저었다. 지금까지 서윤이 자신들에게 한 말과 가르침은 분명 도움이 되었기 때문이다.

"그럼에도 검을 사용하는 여러분과 함께하고 싶다는 생각을 한 건 이분 때문입니다."

그렇게 말하며 서윤이 설시연의 손목을 잡아 앞으로 끌었다. 이미 모두가 서윤과 설시연의 관계를 알고 있었기에 놀라거나 하지는 않았다.

"이름은 설시연. 짐작하시는 분들도 계시겠지만 검왕 선배님의 손녀딸이자 그분의 진전을 이은 분입니다. 저는 큰 도움이 못 되겠지만 설 누이라면 여러분에게 엄청난 도움이 될 겁니다."

서윤의 말에 설시연은 조금 당황한 기색을 보였다. 사전에 아무런 얘기가 없던 까닭이다.

[어떻게 된 거예요?]
[말 그대로예요. 저 좀 도와줘요.]
[하지만!]
[믿습니다, 누이.]

서윤의 짧은 전음에 설시연은 어이가 없었지만 그렇다고 겉으로 감정을 드러낼 수도 없어 어색한 미소만 짓고 있을 뿐이다.

설시연과 친한 사람이라면 그 미소를 보고 그녀가 당황스러워하고 있음을 눈치챘겠지만 신입 대원들은 아니었다.

그저 아름다운 외모의 설시연이 미소를 짓자 넋을 놓고 쳐다볼 뿐이었다. 게다가 같은 검을 쓰는 사람이니 함께 시간을 보내는 경우도 많지 않겠는가.

그렇다고 해서 다른 마음을 먹는 사람은 없었다.

그녀의 곁에는 권왕의 뒤를 이은, 그리고 그 칭호가 조금도 어색하지 않을 실력을 가진 서윤이 버티고 있기 때문이다.

경쟁도 상대가 될 법한 사람과 해야 하는 법.

서윤은 경쟁을 해봐야겠다는 마음도 먹기 어려운 존재감을 가진 사람이었다.

"한동안은 어색할 겁니다. 하지만 기존 대원들 모두 동료의 소중함을 누구보다 잘 아는 사람들입니다. 그러니 곧 친해질 수 있을 겁니다."

"예!"

신입 대원들이 우렁찬 목소리로 대답했다. 이제 자신들의 앞날에 어둠은 없을 것만 같은 벅참과 설렘이 얼굴 가득 묻어 있다.

"그럼 앞으로 잘 지내봅시다."

"예!"

서윤의 인사에 대원들 모두가 우렁찬 목소리로 대답했다.

충원된 의협대의 분위기는 활기찼다.

새롭게 들어온 대원들은 하루라도 빨리 적응하기 위해 눈치껏 행동했고, 기존 대원들 역시 그들의 적응을 돕기 위해 세심하게 배려했다.

그러다 보니 도대체 그들이 왜 기존 부대에서 고문관 소리를 들었는지 알 수가 없을 정도였다.

서윤은 그런 대원들을 지켜보며 안도할 수 있었다.

"걱정할 필요 없겠네요."

설시연이 옆에서 말했다. 그녀 역시 대원들을 보며 미소 짓고 있었다.

그녀 자신은 모르고 있었지만 그 미소 한 번이 제법 많은 대원을 움직이게 만드는 원동력 중 하나였다.

"새로 합류한 대원들은 어때요?"

"아직은 잘 모르겠어요. 실력이 그렇게 나쁘지는 않은 것 같던데. 가가가 잘 가르쳐서 그런 모양이에요."

"제가 뭘요. 그냥 어색한 걸 잡아준 것뿐인데."

"그게 중요한 거죠. 저도 얼마나 도움을 많이 받았는데 요."

설시연의 말에 서윤이 미소를 지었다. 하지만 그럼에도 검을 쓰는 이는 검을 쓰는 이가 봐주는 게 맞는다는 생각에는 변함이 없었다.

"상대적으로 실력은 좀 떨어질 겁니다. 서둘러 수준을 맞추는 게 좋겠어요."

"그게 마음대로 되나요."

"저 정도 의욕이면 못 할 것이 없어 보이는데요, 뭐."

서윤의 말에 설시연도 부정하지 않고 고개를 끄덕였다.

문제는 합류 초기에 보인 의욕을 오래토록 지속하게 만드는 것이었다.

그 부분은 온전히 서윤의 몫이라 할 수 있었다.

"닷새 정도 저들을 집중 지도해 주십시오. 처음 봤을 때보다 실력이 늘긴 했지만 그래도 아직 부족해요. 닷새 사이에 큰 성장을 바라는 건 무리지만 우리에게도 시간이 많지 않습니다."

"알았어요. 최대한 해볼게요."

서윤의 부탁은 설시연으로서도 부담이 되는 부분이었지만 그의 말처럼 시간이 많지 않았기에 거절하지 않고 그러겠노라 대답했다.

아까와 달리 서윤은 미소를 지운 채 진지한 표정으로 대원들을 바라보고 있었다.

다음 날 아침.

식사를 마치고 훈련이 예정되어 있던 시간에 설시연은 신입 대원들을 따로 불러 모았다.

오늘은 제대로 된 합동 훈련을 하는 날이었기에 기대와 긴장을 한꺼번에 가지고 있던 신입 대원들은 갑작스러운 일정 변경에 당황스러워하는 기색을 보였다.

설시연은 그런 그들 앞에 섰다.

평소와 같이 미소 띤 표정이 아닌, 진지한 표정을 짓고 서 있는 그녀의 모습에 신입 대원들은 더욱 긴장하는 듯했다.

"일정이 바뀌었어요. 합동 훈련은 오늘을 포함해 닷새 후로 밀렸습니다. 그전까지 여러분은 저와 함께 집중 훈련을 하게 될 거예요."

설시연의 말에 신입 대원들 중 한 명이 손을 들었다.

"이유를 여쭤 봐도 됩니까?"

"그 얘기를 하려고 했어요. 닷새 후 하게 될 훈련은 엄밀히 말해 훈련이 아닙니다. 여러분의 실력을 확인하는 자리가 될 거예요."

설시연의 말에 대원들이 웅성거렸다. 그러자 잠시 그들을 바라보던 설시연이 힘주어 다시 말을 이었다.

"냉정하게 말해 기존 대원들과 여러분 사이에는 아직 실력 차가 존재합니다. 이를 인정하지 않는 사람은 없을 거예요."

그녀의 말에 대원들은 수긍하는 표정을 지었다. 그에 설시연이 계속해서 말을 이어갔다.

"대주님 말씀으로는 여러분의 실력이 처음보다 많이 늘었다고 하더군요. 하지만 그것으로는 부족하다는 말씀도 하셨어요. 그래서 닷새 뒤 여러분은 기존 대원들과 비무에 가까운 대련을 하게 될 겁니다."

웅성웅성.

비무에 가까운 대련이라는 설시연의 말에 대원들이 다시 웅성거리기 시작했다.

"진검 대련입니다. 비무처럼 진행되지만 딱 한 식경의 시간을 정해놓고 펼쳐질 겁니다."

"질문 있습니다!"

설시연의 말이 끝나기가 무섭게 아까 질문한 대원이 다시 손을 들었다. 설시연보다 아래인 듯 보이는 젊은 대원이었다.

"닷새 사이에 저희가 기존 대원들을 이길 수 있겠습니까?"

"아니요."

그 대원의 질문에 설시연이 단호하게 대답했다. 그러자 질문을 한 대원이 멋쩍은 표정으로 손을 내렸다.

"여러분에게 닷새 만에 기존 대원들을 이기라고 하는 게 아니에요. 간극을 최대한 줄이는 게 목표죠. 의협대는 다양한 임무를 수행해야 하는 부대예요. 그만큼 위험한 임무가 많죠. 어느 부대나 마찬가지겠지만. 물론 다른 대원들은 여러분이 위험에 빠지면 기꺼이 목숨을 아끼지 않고 여러분을 도울 거예요. 하지만 그런 상황이 오지 않도록 만드는 것은 여러분의 몫이에요. 대주님은 그런 생각으로 닷새 후 대련을 계획하신 거고요."

설시연의 말에 대원들의 눈빛이 달라졌다. 동료에게 짐이 되지 말자. 그러기 위해선 내 실력을 길러야 한다. 이런 생각들이 그들의 머릿속에 가득 자리 잡기 시작했다.

그것은 표정에서 고스란히 드러났다.

긴장은 사라졌고 하고자 하는 의지가 표면 위로 올라오고 있었다.

그런 대원들의 표정을 보며 미소를 지은 설시연이 기분 좋게 말했다.

"이제 시작할까요?"

"예!"

샘솟는 의지만큼이나 우렁찬 대답 소리였다.

＊　　　＊　　　＊

설시연이 시키는 훈련은 밖에서 보기에는 어렵지 않은 듯 보였으나 실제 몸으로 움직이는 대원들은 굉장히 힘들어했다.

설시연이 지금의 실력까지 오를 수 있던 것은 설백의 가르침이 결정적이었다.

끊임없이 생각하고 생각해서 생각하지 않도록 하라는 것.

그것은 결국 생각하지 않아도, 의식하지 않아도 자연스럽게 몸이 움직이도록 만들라는 것이었다.

그렇게 되기 위해서는 자신이 가지고 있는 것을 냉정하게 바라보고 그것이 완벽해질 때까지 숙달하는 것이다.

설시연은 대원들에게 내력을 사용하지 못하도록 했다.

과거에 비해 기운을 느끼는 감각이 더욱 예민해진 그녀 앞에서 대원들은 그 어떤 꼼수도 부릴 수 없었다.

내력을 사용하지 못하는 상태에서 수없이 검을 휘두르는 대원들은 이내 온몸이 땀으로 젖어들었다.

하지만 설시연에게 측은한 마음 같은 건 없었다.

그들 사이를 오가며 검을 휘두르는 것을 날카로운 눈빛으로 바라보았다.

이미 서윤이 여러 차례 얘기했기에 그들이 펼치는 검법에는 크게 잘못된 점이 없었다.

오랜 시간 몸에 익어온 나쁜 습관들이 짧은 기간에 고쳐졌다는 것은 그만큼 수련하는 이도 이를 악물고 노력했다는 방증이다.

하지만 그럼에도 불구하고 설시연의 눈에는 미세한 부분이 눈에 들어왔고, 계속해서 그런 부분들을 고쳐주며 수련이 진행되었다.

대원 중 몇몇은 이런 식의 수련이 무슨 효과가 있을까 하는 의구심을 가졌지만 그래도 내색하지 않고 설시연의 수련을 따르고 있었다.

'다들 대단하네.'

얼굴에 드러나지는 않았지만 설시연은 내심 감탄하고 있었다.

대원들 중에는 그녀보다 어린 사람도 있고 나이가 많은 사람도 있었다. 그녀보다 나이가 많은 사람은 어쩌면 큰 성장을 기대하기 어려울지도 모른다.

하지만 강해지고자 하는 마음, 짐이 되지 않으려는 마음의 크기는 모두가 똑같이 강하고 컸다.

그런 마음이 고스란히 느껴지기에 감탄하지 않을 수 없었다.

마치 설백 없이 홀로 수련하며 이를 악물던 자신의 예전 모습을 보는 것 같았다.

그렇기에 조금이라도 그들이 편한 길을 갈 수 있도록 도와주고 싶은 마음이 더 생기는지도 몰랐다.

"잠시 쉬죠."

"아!"

그녀의 말이 끝나기가 무섭게 대원들이 깊은 한숨과 함께 그 자리에 털썩 주저앉았다.

앉자마자 운기라도 할 법한데 한 명도 가부좌를 트는 이가 없었다. 가부좌를 틀고 앉을 힘도 없을 만큼 훈련이 고됐다는 뜻이다.

"쉬면서 들으세요. 분명 이게 무슨 소용일까 하는 분들도 계실 거예요. 하지만 확실하게 말할 수 있는 건 이 훈련이 여러분을 한층 더 성장시킬 거라는 점이에요. 몸은 한 번 제대로 익힌 건 쉽게 잊지 않아요. 생각하지 않아도 움직일 정도로요. 지금 하는 훈련은 그것을 위한 토대라고 보면 됩니다. 여기에 경험이 쌓이면 금상첨화겠죠."

설시연의 말에 모두가 힘겹게 고개를 끄덕이며 자리에서 일어났다.

좀 더 쉬게 해줄 생각이던 설시연은 대원들이 자리에서 일어나자 어쩔 수 없다는 듯 입을 열었다.

"자! 다들 좀 더 힘내요!"

그녀의 말에 대원들은 없는 힘도 쥐어짜겠다는 듯 힘찬 기합과 함께 다시금 검을 휘둘렀다.

닷새의 시간은 쏜살같이 흘러갔다.

그 시간 동안 신입 대원들이 한 것이라고는 쉴 새 없이 검을 휘두르는 것뿐이었다.

때때로 설시연이 개별적으로 무언가를 가르쳐 주기도 했으나 대부분의 시간은 오로지 익힌 검초를 뿌리는 것뿐이었다.

그렇게 닷새가 흐르자 신입 대원들은 눈을 감고도 완벽하게 검법을 펼칠 수 있을 것 같은 자신감으로 가득 차 있었다.

물론 닷새 가지고 얼마나 큰 효과를 볼 수 있겠느냐마는 그런 자신감이 들 정도로 설시연이 시킨 훈련은 힘들었다.

신입 대원들은 설시연과 함께 서 있었고 기존 대원들은 서윤과 함께 서 있었다.

굳이 편을 가르고 선 것은 아니지만 오늘의 분위기 때문인지 자연스럽게 그렇게 모여 섰다.

"다들 닷새 동안 고생 많았습니다."

서윤이 신입 대원들을 보며 말했다. 그에 신입 대원들은 그간 해온 고된 훈련을 이겨냈다는 자부심 섞인 표정으로 고개를 끄덕였다.

"다들 들어 알고 있을 겁니다. 오늘 무엇을 할 것인지."

"예!"

"그럼 시작할까요?"

그렇게 말하며 서윤이 미소를 지었고, 신입 대원들은 결의에 찬 표정을 지었다.

*　　　*　　　*

의협대가 대련을 시작하려던 그때 대륙상단을 찾은 이가 있었다.

손님이 찾아왔건만 대륙상단에는 여전히 긴장감이 감돌고 있었다.

이는 대륙상단을 찾은 이가 만들어내는 무게감 때문이었는데, 그를 바라보고 있는 종리혁의 표정은 경악에 가까웠다.

"다, 당신이 어떻게⋯⋯."

"왜? 죽은 줄 알았나?"

비릿한 미소와 함께 종리혁을 바라보고 서 있는 이는 다름 아닌 전대 마교주였다.

"죽은 것이 아니었나? 분명⋯⋯."

"신도장천이 날 죽였다고 했겠지."

전대 마교주의 말에 종리혁은 불길한 예감이 들었다. 아니, 그가 이곳에 나타났을 때부터 지금 떠올리는 불길한 예감이 적중한 것인지도 모른다.

"죽이긴 죽였지. 한데 그건 내가 아니었어. 내가 아닌 다른 이였지."

전대 마교주의 말에 종리혁은 조금 안도했다. 신도장천이 마교주를 죽이지 않고도 죽였다고 말한 것일지도 모른다고 생각했기 때문이다.

적어도 신도장천은 한 점의 거짓 없이 말한 것이었으니 잠시나마 의심한 것에 대한 죄송스러운 마음도 들었다.

"잠시 비켜주게."

종리혁의 뒤쪽에서 설백의 목소리가 들렸다.

그에 종리혁은 전대 마교주에게 시선을 고정시킨 채 물러섰다.

그러자 태사현의 부축을 받으며 설백이 모습을 드러냈다.

"안 죽고 살아 있었군. 하긴, 그 아이가 죽이지 않을 거라고 생각은 했었지."

전대 마교주의 말에 설백이 인상을 찌푸렸다. 그에 전대 마교주는 설백을 향해 재미있다는 듯한 미소를 지었다.

"걱정은 말고. 죽이러 온 것은 아니니까. 내공도 잃은 마당에 가만히 놔둬도 죽을 사람한테 손쓸 생각은 없다. 일 처리하기 전에 궁금해서 와본 것뿐이다."

그의 말에 종리혁이 딱딱하게 굳은 표정으로 나섰다.

"그냥 가게 둘 것 같은가?"

"죽는 게 소원이라면 그렇게 해주지. 근데 시작하면 혼자 죽진 않을 거야. 이곳 전체가 날아갈 거다."

전대 마교주의 말에 종리혁이 이를 악물었다. 이길 수 있을지 모를 싸움 때문에 애꿎은 사람들까지 모두 죽일 수는 없었다.

하지만 그렇다고 해서 해가 될 사람을 이대로 보낼 수도 없었다.

자신은 맹주가 아니던가.

입술을 깨문 채 이러지도 저러지도 못하고 있는 종리혁을 보며 조소를 보인 그가 등을 돌렸다.

그러고는 혼잣말처럼 한마디 내뱉었다.

"맹주가 이 모양이니 정도가 어떤지 알 만하군."

전대 마교주의 그 한마디는 종리혁의 귀에 정확히 틀어박혔다.

그리고 그 말 한마디가 종리혁이 가지고 있던 이성을 마비시켰다.

전대 마교주가 사라지자 종리혁이 설백을 바라보며 말했다.

"상단주께 부탁하여 맹으로 서찰을 넣어주십시오. 아무래도 전 저자를 그냥 보낼 수가 없겠습니다."

"괜찮겠는가?"

"괜찮고 안 괜찮고는 상관없습니다. 맹주로서 적을 봤는데 그냥 보내는 건 옳지 않습니다."

종리혁의 말에 설백은 어쩔 수 없다는 듯 고개를 끄덕였다.

"부탁합니다."

그렇게 말한 종리혁이 사라진 전대 마교주의 뒤를 빠르게 따라붙었다.

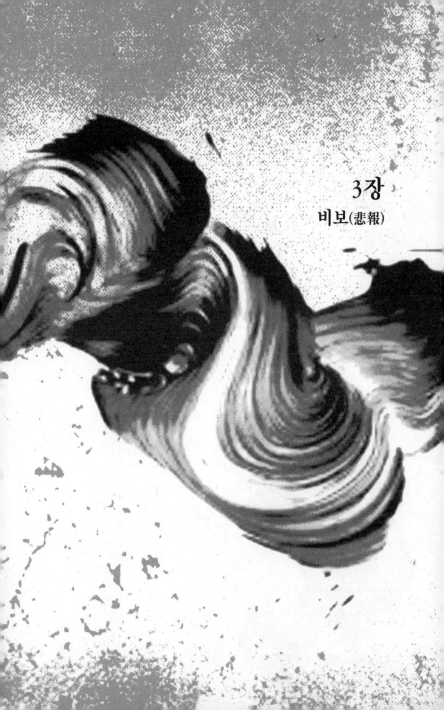

3장
비보(悲報)

風神 徐間

풍신서윤

　신입 대원들의 성장은 만족할 만한 수준이었다. 비록 단 한 명도 기존 대원들을 이기지는 못했으나 그 차이가 크지 않았다.

　그들을 상대한 기존 대원들은 처음에 쉽게 봤다가 당황해하는 모습들을 보이곤 했다.

　결국 대련이 끝난 후 기존 대원들은 서윤으로부터 질타를 받아야 했다.

　대련에서 패했지만 신입 대원들은 아쉬움과 함께 희망을 느낄 수 있었다.

서윤이 보기에는 실력 차이가 많이 줄었다고 느꼈지만 정작 당사자들은 충격이 컸다.

　기존 대원들의 실력을 정확히 알지 못하고 있던 그들은 차이는 있을 수 있겠지만 간극이 크지는 않을 거라고 막연하게 생각했다.

　하지만 직접 몸으로 느껴본 그들의 실력은 생각보다 훨씬 뛰어났다.

　중간에 조금 당황해하는 모습을 보이기는 했으나 처음부터 끝까지 전체적으로 여유가 있었다.

　게다가 초식의 운용도 매끄러웠으며 위력 자체도 대단했다.

　그런 그들에게 일방적으로 당하지 않았다는 사실만으로도 자신을 대견스럽게 생각할 정도였다.

　이러한 결과를 받아들고 나니 서윤이 왜 이런 자리를 만들었고 지난 닷새간 왜 자신들을 따로 훈련시켰는지 알 수 있었다.

　한 가지 더 희망적인 부분은 설시연이 시킨 훈련이 효과가 있었다는 점이다.

　지난 닷새 동안 내력을 사용하지 않고 수없이 검을 휘두른 그들이다.

　자연스럽게 근력이 더 생겼으며 초식을 펼치는 데 어려움이 없어졌다. 아직 완벽하지는 않으나 때때로 몸이 생각보다 빠르게 반응하는 것도 경험했다.

그에 오히려 신입 대원들 스스로가 깜짝깜짝 놀랄 정도였다.

대련이 모두 끝나고 대원들을 해산시킨 서윤은 설시연과 함께 처소로 돌아갔다.

처소에 돌아와서도 쉬는 것이 아니라 한 명 한 명의 대련을 복기하고 냉정하게 실력을 분석했는데 앞으로의 훈련 방향을 결정하기 위함이었다.

두 사람은 진지한 분위기 속에서 의견을 교환했다.

서윤의 의견이 받아들여지는 경우도 있었으나 대부분은 설시연의 의견이 많이 반영되었다.

실제로 훈련을 시킬 사람은 설시연이기 때문이다.

그렇게 두 사람은 밤늦은 시간까지 신입 대원들에 대한 의견을 나눴다.

*　　　*　　　*

세상천지에 어둠이 내려앉은 시각.

종리혁은 전대 마교주와 마주하고 있었다. 아무도 없는 단둘만의 공간.

마치 일부러 이런 곳으로 자신을 유인한 것 같다는 생각
이 들 정도였다.

종리혁을 응시하던 전대 마교주가 미소를 지었다.

그 미소에 종리혁은 그가 자신을 이곳까지 유인했다는 것
을 확신할 수 있었다.

"엉큼한 구석이 있군."

"이왕이면 머리가 좋다고 해줬으면 좋겠는데."

전대 마교주의 말에 종리혁은 딱딱하게 굳은 표정을 지었
다.

뭐, 그가 유인한 것이라고는 하지만 종리혁으로서도 지금
이곳은 나쁘지 않은 장소였다.

"왜 이런 곳을 골랐는지 아나?"

"굳이 알아야 하나?"

종리혁이 되묻자 전대 마교주가 미소와 함께 입을 열었
다.

"아무도 없는 곳, 사람의 발길이 잘 닿지 않는 곳, 그래서
죽어도 오랜 시간 동안 발견되기 어려운 곳. 무림맹주의 초
라한 죽음과 딱 어울리는 곳 아닌가?"

"정작 본인이 그렇게 될 거라는 생각은 안 하는 모양이
군."

그렇게 말하며 종리혁이 검을 꺼냈다. 달빛이 반사되어 그

의 검이 아름답게 반짝였다.

"나야 이미 세상에선 죽은 것으로 되어 있는 사람이니 상관없지. 안 그런가? 그리고 결정적으로……."

그렇게 말한 전대 마교주가 검을 뽑아 종리혁에게 겨누었다. 그러자 방금 전과 확연히 다른 기도가 그의 몸에서 뿜어져 나왔다.

"난 그렇게 될 자신이 없군."

화아아아아악!

말이 끝나기가 무섭게 그의 몸에서 강력한 기운이 폭사되어 나왔다.

감당하기 어려울 정도로 강력한 기운을 받아내는 종리혁의 표정이 딱딱하게 굳었다.

"맹주 정도 되는 자라면 날 즐겁게 해줄 수 있어야 할 것이다. 그러지 못한다면 가장 고통스럽게 죽어가도록 내가 할 수 있는 모든 것을 다 할 것이다."

"말이 많아!"

종리혁이 그렇게 외치며 먼저 움직였다.

종리세가가 오대세가가 아님에도 불구하고 종리혁이 맹주의 자리에 오를 수 있던 바로 그 무공, 무영검결(無影劍訣)이 펼쳐지는 순간이었다.

화려하지는 않지만 은밀하면서도 날카롭게 펼쳐지는 검

초가 전대 마교주의 전신을 찔러들어 갔다.

전신 요혈을 노리는 공격이 눈 깜짝할 사이에 그의 코앞까지 다가갔는데도 그는 조금도 놀라는 기색을 보이지 않았다.

매영과 그 수하들을 상대할 때에는 믿기 어려운 속도를 보여주던 전대 마교주이건만 이런 다급한 상황에서는 오히려 느릿하게 움직이고 있었다.

이대로라면 검끝을 통해 전대 마교주를 관통하는 묵직한 느낌이 전달될 터. 하지만 종리혁은 알 수 없는 불안감에 휩싸였다.

그리고 그것은 곧 현실이 되었다.

전대 마교주가 천천히 검을 휘둘렀다.

마치 거대한 도나 도끼를 휘두르듯 묵직한 움직임이었다. 그리고 그 순간 종리혁은 인상을 찌푸릴 수밖에 없었다.

휘두르는 것만큼이나 묵직한 기운이 전대 마교주의 검에서 흘러나왔다.

그리고 그 기운은 엄청난 힘으로 종리혁의 공격을 밀어내기 시작했다.

"큭!"

종리혁이 짧은 신음을 내뱉었다.

어떻게든 버텨 밀어붙여 보려고 했으나 도저히 전대 마교주의 기운을 감당할 수가 없었다.

전대 마교주의 검에서부터 흘러넘친 기운은 종리혁이 펼치는 공격의 방향, 속도, 위력 모두를 무위로 돌려 버렸다.

"후……."

어쩔 수 없이 거리를 벌리고 선 종리혁이 전대 마교주를 바라보았다.

시종일관 여유 있는 태도와 절대 자신을 이길 수 없다고 말하는 것 같은 눈빛이 마음에 안 들었다.

하지만 분하게도 방금 전 보여준 한 수는 그가 그런 표정과 눈빛을 할 만한 충분한 실력이 있다는 것을 입증하고 있었다.

"하아……."

종리혁이 검을 두 손으로 쥐고는 낮고 깊은 숨을 토해내었다.

스스스스!

그러자 주변의 공기가 요동치기 시작했다.

어딘지 모르게 스산한 분위기로 바뀌는가 싶더니 종리혁의 두 눈에서 시퍼런 안광이 뿜어져 나오기 시작했다.

종리혁의 몸속 구석구석을 빠르게 돈 기운이 모조리 검에 모여들었다.

우웅! 우웅!

엄청난 양의 진기를 감당하기 어려운지 종리혁이 들고 있는 검이 고통에 찬 비명을 질렀다.

하나 종리혁의 시선은 오로지 전대 마교주에게 고정되어 있었다.

두 손으로 검을 쥔 채 검에 기운을 응축시킨 종리혁이 그대로 땅을 박찼다.

파악!

그가 박찬 자리에서 흙과 돌이 사방으로 튀어나가고 땅은 움푹 파였다.

앞으로 쏘아져 나가는 힘이 얼마나 강한지를 알 수 있는 대목이다.

종리혁이 검을 강하고 빠르게 찔렀다.

전대 마교주의 묵직함을 하나의 점을 강하게 찔러 깨고자 하는 의도였다.

하나 전대 마교주의 반격도 만만치 않았다. 조금 전과 달리 빠르고 경쾌하게 검을 휘둘렀다.

그렇다고 공격이 결코 가볍지는 않았다.

그 안에 담긴 기운은 상대인 종리혁도 느낄 수 있을 정도로 위력적이었다.

까가가가가가가강!

두 사람의 검이 어지럽게 교차했다.

날카롭게 응축된 기운과 기운이 충돌했음에도 폭음이 아닌 금속음이 주변을 울렸다.

대신 두 기운의 충돌은 주변의 공기를 밀어내며 사방을 난도질했다.

종리혁은 공격 일변도, 전대 마교주는 방어와 반격 일변도였다.

그러나 어느 한쪽이 유리하다 할 수 없을 정도로 백중세로 흘러갔다.

종리혁의 표정이 딱딱하게 굳었다.

공격을 하면 할수록 전대 마교주가 펼쳐 놓은 벽이 견고하고 높게만 느껴졌다.

조금씩 밀려오는 좌절감.

그에 반해 전대 마교주는 점차 득의양양한 웃음을 흘리고 있었다.

"그런 공격으로는 어림도 없지."

전대 마교주가 다시 한 번 종리혁의 신경을 긁었다. 그러자 종리혁의 눈빛이 꿈틀거렸다.

"하, 너무 오래 쉬었나?"

그렇게 중얼거린 종리혁이 어깨를 들썩이며 다시 한 번 몸을 풀었다.

그와 동시에 종리혁의 분위기가 바뀌었다.

표정의 변화도 없고 그렇다고 풍기는 기도가 바뀐 것도 아니었다.

하지만 뭐라고 콕 집어 설명하기 어려울 정도로 미묘하게 분위기가 바뀌어 있었다.

전대 마교주는 그러한 변화를 놓치지 않았다.

그러고는 흥미가 돋는다는 듯 눈을 반짝였다.

"지금까지는 실망스러웠다. 이제부터는 제대로 해야 할 거야."

그렇게 말하며 전대 마교주가 검을 고쳐 잡았다.

"와봐."

전대 마교주의 말에 종리혁이 가만히 그를 응시했다. 그러더니 이내 다시금 그를 향해 쇄도했다.

좀 전과 달리 묵직하다거나 강한 기운이 담겨 있는 건 아니었다.

하지만 그렇다고 무시할 수 있는 위력은 아니었다.

가장 큰 변화는 검의 움직임이었다.

빠르면서도 간결하게 뻗어내는 그의 검초는 빈틈을 최소화하고 변화에 용이했다.

단번에 적을 제압할 수는 없어도 까다롭게 하여 흐름을 유리하게 가져가겠다는 의도였다.

사실 이것이 종리혁의 원래 무공이었다.

무영검결은 거대 문파나 오대세가 등에 존재하는, 흔히 말하는 신검(神劍) 같은 것이 아니었다.

검결 자체의 위력과 완성도가 상급이긴 했으나 그만큼 한계도 뚜렷한 무공이었다.

다만 강한 위력으로 폭풍처럼 몰아치는 것이 아닌 상황에 따라 그에 대처하는 것에 특화된 무공이었다.

이것이 바로 종리세가가 오대세가의 반열에 오르지 못하는 결정적인 이유였다.

다음을 기대하기 어렵기 때문이다.

하지만 종리혁은 그의 재능과 그가 익히고 발전시킨 무결심법(無結心法)이 하나가 되어 기존 종리세가의 그 어떤 무인을 뛰어넘는 경지에 오를 수 있었던 것이다.

쇄도하는 종리혁의 검을 보며 전대 마교주도 검을 마주쳐 갔다.

막고 피하는 상황은 직전과 유사한 듯했으나 확실히 효과는 달랐다.

전대 마교주의 표정에서 미소가 조금씩 옅어지고 있었다.

그만큼 종리혁의 공격에 대응하는 것이 어렵다는 뜻이었다.

반대로 종리혁은 점차 자신 있게 공격을 펼치고 있었다.

본인 스스로가 가장 잘하는 것을 하다 보니 떨어졌던 자신감을 점차 회복하고 있는 것이다.

미간을 찔러오는 종리혁의 검을 쳐내기 위해 전대 마교주가 검을 휘둘렀다.

하지만 그 순간 종리혁의 검이 다른 궤적을 그리며 틀어졌다.

전대 마교주가 처음으로 인상을 찌푸렸다.

그러고는 귀찮다는 듯 재빠른 움직임으로 종리혁의 검을 피해내며 재차 검을 휘둘렀다.

하지만 종리혁은 끈질겼다.

마치 그의 움직임을 예측하고 있었다는 듯 정확히 그가 피한 쪽으로 검을 뻗었다.

하지만 그 공격에도 전대 마교주는 반응했다.

사악! 삭!

전대 마교주는 종리혁의 마지막 공격도 피하며 검을 뻗었다. 하지만 온전히 피할 수는 없었다.

전대 마교주의 볼에 얇은 자상이 생기며 피가 흘렀고 종리혁의 팔뚝도 붉게 물들기 시작했다.

검을 교차한 전대 마교주는 몸을 부들부들 떨었다.

아래로 본 종리혁에게 입은 상처가 볼뿐만 아니라 그의 자존심에까지 상처를 낸 까닭이다.

"곱게 죽을 생각은 하지 않는 것이 좋을 것이다."

전대 마교주가 끓어오르는 분노를 고스란히 담아 으르렁거리듯 말했다.

전대 마교주의 눈이 붉게 물들기 시작했다.

현 교주와 다르게 혈천마신강(血天魔神罡)을 익힌 그가 본격적으로 기운을 끌어 올리기 시작한 것이다.

종리혁은 침을 삼켰다.

지금까지와는 다른 살 떨리는 싸움이 펼쳐질 것이라는 강한 예감이 들었기 때문이다.

검을 쥔 손에 땀이 찼다.

극도의 긴장감이 온몸을 타고 흘렀다. 그러면서도 고도의 집중력은 결코 떨어뜨리지 않았다.

두 눈이 붉게 물든 전대 마교주가 움직이기 시작했다.

*　　　　*　　　　*

서윤은 오랜만에 신입 대원들의 훈련 모습과 기존 대원들의 훈련을 지켜보았다.

그리고 훈련을 지켜보다 운기를 위해 처소로 발걸음을 옮기고 있었다.

창무전에 거의 다다랐을 무렵, 서윤의 눈에 다급한 발걸음으로 다가오는 제갈공의 모습이 보였다.

"무슨 일이십니까?"

"이걸 좀 보게."

제갈공이 서윤에게 다짜고짜 서찰부터 내밀었다. 그것을 받아 든 서윤의 표정도 급격히 심각해졌다.

"이게 사실입니까?"

"사실인 것 같네. 어떻게 이런 일이……."

"전대 마교주가 살아 있었다니."

서윤도 믿을 수 없다는 듯이 중얼거렸다.

과거 신도장천이 전대 마교주를 쓰러뜨렸다는 이야기를 들은 까닭이다.

"전후 사정이야 어떻게 됐든 중요한 건 그게 아니네."

"맹주님께서 그자를 상대하겠다고 나서셨군요."

"그렇다네."

"승산이 얼마나 있겠습니까?"

"높지 않을 것이네. 전대 마교주의 무공 수준에 대한 전혀 정보가 없지 않은가. 대략적으로나마 알면 가늠이라도 해볼 텐데……."

제갈공의 표정이 어두워졌다. 말은 그렇게 했지만 승산을 높게 보지는 않는 모양이다.

과거에도 종리혁은 그의 상대가 아니었다.

신도장천이 나서고 나서야 그를 쓰러뜨릴 수 있지 않았던가.

제갈공이 신도장천이 쓰러뜨린 전대 마교주가 진짜가 아니었다는 것을 알고 모르고는 상관이 없는 일이었다.

"개방과는 연락이 닿았습니까?"

"연락을 넣었고 정보 수집 중이라네."

"제가 가보겠습니다. 개방에 그렇게 전달해 주시고 들어오는 정보는 곧바로 제게 전해 달라고 해주십시오."

서윤의 말에 제갈공이 고개를 저었다.

"보낼 수 없네."

"예?"

"보낼 수 없다고 했네."

진지하게 말하는 제갈공을 보며 서윤은 답답함을 느꼈다. 도대체 왜 안 된다는 말인가.

"결과가 어떻게 났을지 모르겠지만 만약 맹주님께서 화를 당하신 상황이라면… 자네가 더더욱 가서는 안 되네. 자네는 정도무림의 최후의 보루야. 지금 상황에서 자네까지 화를 당하게 할 수는 없네."

"왜 제가 가면 화를 당할 거라고 단정지어 생각하시는 겁니까?"

서윤이 되물었다. 제갈공이 말하는 바가 무엇인지 충분

히 알아들었다.

하지만 답답함은 조금도 가시지 않았다.

그에 제갈공도 분명 할 말이 있었다.

"나같이 전체를 보고 판단을 하고 계획을 세워야 하는 사람은 항상 최악을 가정해야 하기 때문일세. 나도 자네 말처럼 항상 우리가 승승장구할 수 있다고만 생각하고 싶네. 하지만 그럴 수가 없다네."

제갈공 역시 답답함을 토로했다. 그렇게 들으니 이해가 가지 않는 것도 아니다.

"우선은 개방에서 소식이 오는 걸 기다려 보지. 결과가 어떻게 됐을지는 아무도 모르는 것 아닌가? 결과를 보고 난 후에 뒷일을 생각해 보지."

"후, 알겠습니다."

"오래 걸리진 않을 것이네. 다시 부름세."

"예."

그렇게 말한 제갈공이 다시 바쁜 걸음으로 자신의 집무실로 돌아갔다.

그 뒷모습을 보며 서윤은 복잡한 심경을 얼굴에 그대로 드러냈다.

*   *   *

신입 대원들의 훈련을 끝낸 설시연은 곧장 처소로 돌아왔다. 방으로 들어온 그녀는 심각한 표정으로 앉아 있는 서윤을 보며 무슨 일이 있었다는 것을 직감했다.

"표정이 왜 그래요? 무슨 일 있어요?"

그녀의 물음에도 서윤은 대답이 없었다. 그에 설시연이 그의 옆에 앉았다.

"무슨 일인데 그래요?"

"후, 맹주님께 변고가 생긴 것 같습니다."

"뭐라고요?"

설시연이 화들짝 놀랐다. 종리혁이 지금 있는 곳이 어디인가. 대륙상단이다.

그에게 변고가 생겼다면 상단이 위험하다는 뜻일 수도 있기에 놀람은 더욱 컸다.

"워낙 충격적인 일이라 어디서부터 얘기해야 할지 모르겠네요. 우선 대륙상단에 마교의 전대 마교주가 나타났다고 합니다."

"전대 마교주라고요? 말도 안 돼!"

놀라는 설시연의 반응은 서윤의 그것과 별반 다르지 않았다.

"일을 시작하기 전에 종조부님을 만나러 온 거라고 했다더군요. 그리고 맹주님께서 그자를 상대하기 위해 뒤를 쫓았다고 합니다."

"그럼……."

"아직 정확한 소식이 들려오고 있지는 않지만 변고가 생겼을 가능성이 높다고 보는 모양입니다."

"어찌 그런… 가봐야 되는 거 아니에요?"

"안 그래도 가겠다고 했더니 제갈 군사께서 말리시더군요. 저까지 변고를 당하면 안 된다고."

서윤의 말에 설시연이 고개를 끄덕였다. 틀린 말이 아니었기 때문이다.

"그래서 앞으로 어떻게 하겠다고 하시던가요?"

"일단은 개방에서 소식이 오길 기다리고 있습니다. 언제쯤 올는지……."

그렇게 중얼거리는 서윤이 창밖을 내다보았다. 밖에는 점차 어둠이 내려앉고 있었다.

다음 날 아침이 되었다.

종리혁과 전대 마교주의 일 때문인지 서윤은 평소보다 일찍 눈을 뜨고는 옆에 누워 있는 설시연을 슬쩍 바라보았다.

아직 잠에서 깨지 않은 그녀를 두고 서윤은 조용히 창무전을 빠져나왔다.

서윤은 안개가 자욱한 창무전 뒤쪽 공터를 거닐었다.

그러면서 자신도 모르게 깊은 한숨을 내뱉었다. 어떤 결과든 빨리 소식이 왔으면 하는 마음이 컸다.

'무조건 가겠다고 고집을 피웠어야 하는 것일까?'

자꾸만 어제의 일이 머릿속에 맴돌면서 조금씩 후회가 되기 시작했다.

그 후회는 점차 불안감으로 바뀌어갔다.

그리고 그 불안감이 커질 대로 커졌을 무렵, 제갈공이 힘없는 모습으로 서윤의 앞에 나타났다.

그의 분위기와 표정에서 생각하기 싫던 그 결과가 현실이 되었음을 알 수 있었다.

"맹주님께서 돌아가셨네."

그렇게 말하며 제갈공이 고개를 푹 숙였다. 서윤의 표정에도 비통함이 고스란히 묻어났다.

서윤은 고개를 들어 하늘을 올려다보았다.

자욱한 안개 때문에 하늘이 제대로 보이지 않았다.

서윤은 앞으로 펼쳐질 정도무림의 운명이 이와 같지 않을까 하는 불안감에 살짝 인상을 찌푸렸다.

*   *   *

소식을 접한 후개는 현장에 직접 나와 있었다.

아직 날이 완전히 밝지 않아 사위가 어두웠으나 당시의 참혹함을 파악하는 것은 어렵지 않았다.

현장을 본 후개는 분개했다.

아무리 마도에 몸담고 있다 하나 이렇게까지 잔인할 수가 있나 싶은 생각이 들었다.

후개가 쪼그려 앉았다.

그의 앞에는 다른 신체 부위와 떨어져 나온 종리혁의 팔 한쪽이 덩그러니 놓여 있었다.

어깨부터 잘린 그의 팔 끝에는 마지막까지 놓지 않은 검이 쥐어져 있었다.

후개는 손에서 검을 빼내려 했으나 사후경직 때문인지 빼낼 수가 없었다.

'맹주님의 이 의지, 꼭 전달하겠습니다.'

후개가 가만히 눈을 감았다. 잠시 그렇게 종리혁을 위해 묵념을 한 그가 자리에서 일어나 주변을 수색하고 있는 방도들에게 소리쳤다.

"빨리 찾아라! 시신을 모두 수습한 뒤 맹으로 가져갈 것이다!"

종리혁의 수급은 다행히도 멀지 않은 곳에 있었다. 후개는 다행이라 생각하면서도 치밀어 오르는 화를 참을 수가 없었다.

일부러 곳곳에 버리지 않았다면 어찌 시신이 이렇게까지 곳곳에 떨어져 있단 말인가.

종리혁의 팔과 다리, 몸통을 모두 찾은 뒤 마지막으로 얼굴을 찾았다.

시신을 모두 수습하고 난 후 창백한 종리혁의 얼굴을 보자 방도들 중 일부는 자신들도 모르게 눈물을 흘리며 흐느꼈다.

이미 주변 상황을 봤기에 종리혁과 전대 마교주의 싸움이 얼마나 치열했는지 충분히 알 수 있었다.

하지만 그의 얼굴을 보니 새삼 그 치열함이 더욱 와 닿는 것 같았다.

조심스럽게 그의 시신을 한데 모은 후개는 그 앞에 절을 했다.

정도무림의 수장으로서 끝까지 자신의 소임을 다하고 떠난 것에 대한 예의였다.

후개의 뒤에 서 있던 개방도들 역시 그를 따라 절을 했다.

그 분위기는 그 어느 때보다 엄숙하기 그지없었다.

　　　　　*　　　　　*　　　　　*

"하하하!"

마교주가 오랜만에 시원한 웃음을 터뜨렸다. 그에 곁에 있던 여인이 조심스럽게 물었다.

"그렇게 기쁘십니까?"

"당연하지. 설마하니 이런 선물까지 안겨줄 줄은 몰랐군. 맹주라니. 하하하!"

그렇게 한참을 웃던 마교주가 웃음을 멈추었다. 그러고는 여인에게 말했다.

"당분간 다들 쉬라고 해. 그래도 적장이 죽었는데 애도할 시간은 줘야지."

"그분은 어떻게 할까요?"

여인의 물음에 맹주가 인상을 찌푸리며 잠시 생각하더니 입을 열었다.

"그냥 놔둬. 말한다고 들을 분도 아니고."

"알겠습니다. 그런데……."

"그런데?"

"만약 그분께서 실패하신다면……."

여인의 말에 마교주가 가만히 그녀를 바라보았다. 말없이 시선만 보냈기 때문인지 여인은 고개를 숙인 채 들지 못했다.

"내가 무슨 생각으로 그분을 보냈을까?"

"그야 당연히 서윤 그자를 처리하기 위해……."

여인의 말에 마교주가 고개를 저었다. 그에 여인이 설마 하는 표정으로 그를 바라보았다.

"맞아. 서윤 그 아이의 마지막은 나와의 싸움이다. 그래야 할 운명이지. 얽히고설킨 게 많으니까. 뭐, 가장 좋은 건 설시연 그 아이와 마지막을 장식하는 게 좋겠지만 그럴 가능성은 없어 보이니까."

"그분은 소모품인 겁니까?"

"비슷하지. 뭐, 서윤이 죽는다면 그거야말로 어쩔 수 없는 일이지만 과연 그렇게 될까? 이참에 우리로서는 골치 아픈 치부를 없앨 수도 있으니 좋은 일이지."

"큰 손실입니다."

"손실이지. 하지만 그렇다고 우리에게 도움되는 전력도 아니다. 아직 교 내에 그분에 대한 충성심으로 똘똘 뭉쳐 있는 자들이 많아. 살아 있다는 게 알려지면 우리로서도 좋을 게 없어. 밖으로 시선을 돌려야 될 때에 안에서 문제가 생기는 것만큼 최악은 없는 법이지."

마교주의 말에 여인이 고개를 끄덕였다. 그런 그녀를 바라보던 마교주가 다시 입을 열었다.

"그러고 보니 네가 내 곁에 있은 지 얼마나 되었지?"

"십 년이 좀 넘은 듯합니다."

"벌써 그렇게 되었나?"

"네."

그녀의 대답에 고개를 끄덕인 마교주가 그녀에게 다가갔다. 그러자 여인은 마치 조각상이 된 듯 움직이지 못하고 가만히 서 있었다.

"그간 고생이 많았다. 이번 일이 끝나고 나면 선물을 주마."

"선물이요?"

선물이라는 말에 여인이 살짝 기대감이 섞인 표정으로 마교주를 바라보았다. 무인이라지만 그녀도 여인은 여인이었다.

"그래, 선물. 좋은 짝이라도 찾아줘야지."

"짝이라니요? 괜찮습니다."

여인이 살짝 서운한 기색이 묻어나는 목소리로 대답했다.

그에 미소를 지은 마교주가 말했다.

"늙어 죽을 때까지 혼인도 못 하고 내 뒤치다꺼리만 할 수도 없는 노릇이니까. 네 짝은 내가 까다롭게 보고 결정할 것이다."

"…알겠습니다."

여인이 마지못해 대답했다. 그런 그녀의 변화를 느끼지 못했는지 마교주는 흡족한 표정으로 고개를 끄덕였다.

4장
전대 마교주

風神 徐潤

풍신서윤

　무림맹의 분위기는 비통했다.

　개방으로부터 비보가 전해진 후 무림맹의 모든 일정은 취소되었다. 이 틈을 타 적들의 공세가 있을지 몰라 감시를 담당하는 최소한의 활동만 유지하고 있었다.

　무림맹으로 속속 각 문파와 세가의 무인들이 모여들고 있었다.

　개방에서 수습해 무림맹으로 가져온 시신은 시간이 제법 흘렀기에 곧장 형산 내에서도 양지 바른 곳에 묻었고 대신 위패를 모셔놓았다.

설백 역시 성치 않은 몸을 이끌고 태사현의 도움을 받아 무림맹에 와 있었다. 딱딱하게 굳은 표정으로 조문을 한 그의 얼굴에서는 마치 자신의 탓이라는 듯 일말의 죄책감이 비치는 듯했다.

종리세가의 사람들이 와서 상을 치르기는 했으나 제갈공을 비롯한 무림맹의 모든 사람이 힘을 합쳐 종리혁의 마지막을 치르고 있었다.

오랜만에 마주한 설백과 서윤, 설시연의 표정은 굳어 있었다. 오랜만에 만나 반갑게 인사도 하고 안부도 물어야 했지만 분위기 자체가 그럴 수 없었다.

"전대 마교주가 살아 있다는 건 모르고 계셨습니까?"

"그래, 몰랐구나. 그가 나타났을 때 나도 놀랐다."

설백이 대륙상단으로 쫓아온 전대 마교주와 마주한 그날을 떠올리며 고개를 끄덕였다.

"그가 아무 말도 하지 않았습니까? 가령 과거의 일이라든지……."

"네 할아버지가 죽인 교주는 교주가 아니었다고 하더구나. 자신이 아닌 다른 자라고. 마도 쪽에서 무언가 꼼수를 부린 거겠지."

"어찌 그런……."

서윤과 설시연이 놀란 표정을 지었다. 어떻게 그럴 수 있단 말인가?

"애초부터 계획된 패배였다는 결론밖에는 나오지 않더구나."

"앞으로를 위해 십 년 전에 그런 일을 벌였다는 뜻입니까?"

"그것이 아니고서는 설명할 방법이 없다. 무엇 때문인지는 그들만 알고 있겠지."

설백의 말에 서윤과 설시연은 적지 않은 충격을 받은 듯했다.

"일전에 맹주님과 비슷한 이야기를 한 적이 있습니다."

문을 열고 들어오는 이는 제갈공이었다. 한창 바쁜 시기가 끝나고 잠시 숨 좀 고를 겸 그들이 있는 방으로 찾아온 것이다.

"비슷한 이야기를 한 적이 있다고?"

"예. 개방을 지금의 후개가 다시금 장악한 이후 쏟아지는 정보들을 보다가 십 년 전 싸움은 저들의 고의 패배라고 해도 믿겠다는 이야기를 얼핏 했습니다."

"허허, 설마 그것이 사실은 아니겠지."

"지금으로서는 완전히 아니라고 하기에도 어렵습니다. 전대 마교주가 살아 있지 않습니까?"

제갈공의 말에 설백이 고개를 끄덕였다.

"그럼 그자는 어디로 갔을까요? 맹주님과 일전을 벌인 후 그 행적이 묘연하지 않습니까?"

"어디선가 몸을 회복하고 있을지도 모르지. 맹주님과 일전을 벌였으니 그도 온전하지는 못할 것일세. 현재 세력 구도상 그곳은 마도 쪽이 득세하고 있는 지역이라 자세히 수색을 하기에도 어렵네."

제갈공의 말에 서윤도 고개를 끄덕였다.

"그자가 분명 일을 벌이기 전에 종조부님을 만나러 온 것이라고 했습니다. 그렇지 않습니까?"

"그렇지. 그 후 맹주님 일이 터진 것이고."

"그럼 그자의 목적이 맹주님이었을까요?"

"그렇지 않겠는가? 그것 말고는 달리 설명할 것이 없네."

제갈공의 말처럼 종리혁이 목적이었다는 것이 가장 설득력 있는 말이었다. 하지만 서윤은 왠지 그것이 목적은 아닐 것 같다는 생각이 들었다.

네 사람의 진지한 대화는 순식간에 끝이 났다. 밖에서 들려온 한마디 말 때문이었다.

"마교주가 왔습니다."

"뭐라?"

전혀 예상치 못한 사람의 등장에 방 안은 말 그대로 혼란에 휩싸였다.

"먼저 일어나 보겠습니다."

그렇게 말하며 제갈공이 방을 나섰다. 그에 서윤도 자리에서 일어나며 말했다.

"저도 가봐야겠습니다."

"조심해요."

"걱정 말아요."

그렇게 말한 서윤이 뛰쳐나갔다. 설시연과 함께 방에 남은 설백의 표정은 아까보다 훨씬 더 어두워져 있었다.

무림맹 정문 앞.

흉흉하면서도 팽팽한 긴장감이 정문 주변을 가득 채우고 있었다.

마교주의 표정은 여유로웠다.

하지만 그를 수행해 무림맹까지 온 이들의 표정은 살벌했다.

그리고 그들의 맞은편에는 잔뜩 그들을 경계한 채 살기를 뿜어내며 검을 겨누고 있는 무림맹 무사들이 있었다.

마교주가 자신의 정체를 밝힌 순간부터 시작된 이 대치는 제갈공과 서윤이 나타나자 풀렸다.

"마교주인가?"

"그렇소. 내가 현 마교주요."

마교주의 말에 제갈공이 날카로운 눈빛으로 그를 노려보았다. 하지만 마교주는 여유로운 표정으로 그의 눈빛을 받아내다가 서윤에게로 시선을 돌렸다.

"오랜만이군."

"오랜만이오."

그렇게 말하며 서윤이 앞으로 나섰다. 그러자 모든 이의 시선이 두 사람에게 쏠렸다.

정도무림에서 떠오르는 고수인 서윤과 마교를 넘어 마도 전체의 수장인 마교주의 만남은 모든 이의 이목을 집중시키기에 충분했다.

"놀랍군, 놀라워. 이렇게까지 성장할 줄은 생각 못 했는데."

"그대가 할 수 있다면 나도 할 수 있소. 자신만이 유일하다고 생각지 마시오."

서윤이 마의를 떠올리며 마교주에게 말했다.

"그런가? 어쨌든 운이 좋군. 아직까지 살아 있다니."

반대로 마교주는 전대 마교주를 떠올리며 말했다.

"여기는 무슨 일이오?"

"싸울 의사는 없다. 이미 마도 전체에 상이 끝날 때까지 아무 일도 하지 말라는 명령도 내려놓았다. 찾아온 건 순전히 조문을 하기 위함이다. 적이긴 하나 수장이 세상을 떠났으니 그에 맞는 예를 차려야지."

"그걸 말이라고 하는가!"

제갈공이 시뻘겋게 달아오른 얼굴로 분통을 터뜨렸다.

듣기로 종리혁의 시신은 조각나 그 주변에 퍼져 있었다고 했다.

한 명의 무인으로서 명예롭게 죽어도 모자랄 판에 죽어서까지도 그 한을 감당하지 못할 일을 당한 것이다.

그런데 어찌 예를 논하는가.

게다가 말 그대로 적진인 무림맹의 정문 앞에서.

오만인지 가식인지 알 수 없는 마교주의 말에 화가 나는 것은 당연했다.

이는 제갈공뿐만이 아니었다.

그 주변에 있는 무림맹 무사들의 살기가 더욱 짙어졌다.

그에 마교주를 수행해 온 마도인들 역시 더욱 흉흉한 기운을 뿜어내고 있었다.

이 상황에서 냉정함을 유지하고 있는 사람은 서윤과 마교주 단 둘뿐이었다.

"그만하십시오."

서윤이 낮은 목소리로 말했다. 그러자 무림맹 무사들의 살기가 조금은 약해졌다. 그에 마교주 역시 뒤를 돌아보며 수하들에게 그만하라는 신호를 보냈다.

"역시 그때나 지금이나 상황 판단을 잘하는군."

"상황 판단을 잘해야 하는 건 맞지. 하지만 그때와는 다르오. 모든 것이."

그렇게 말하며 서윤이 마교주를 응시했다.

과거 그와 마주쳤을 때와 지금은 굉장히 많은 것이 달라져 있었다.

무엇보다도 그때에는 무조건 진다는 생각이 들었지만 지금은 아니었다.

'닿을 수 없는 존재가 아니다.'

서윤이 속으로 중얼거렸다. 그때에는 잡을 수 없는 존재처럼 느껴졌다면 지금은 충분히 해볼 만한 상대라고 느껴졌다.

그런 서윤의 변화를 눈치챈 것일까.

마교주가 재미있다는 듯 미소를 지었다.

"언제까지 이곳에 서 있어야 하지? 휴전 상황이고 적장이 예를 표하기 위해 찾아왔다. 이대로 문전박대할 셈인가? 정도의 심장부라는 무림맹에서?"

마교주의 말에 잠시 그를 노려보던 서윤이 제갈공을 바라보며 고개를 끄덕였다.

"하지만."

"지금은 아닙니다. 다 죽습니다."

서윤의 말에 제갈공이 다시 마교주를 노려보며 이를 악물고 주먹을 움켜쥐었다.

강호에서 힘이 없다는 것이 어떤 의미인지 다시 한 번 뼈저리게 느끼는 순간이었다.

잠시 그렇게 마교주를 노려보던 제갈공이 길을 텄다.

그러자 다른 무림맹 무인들 역시 어쩔 수 없다는 듯 길을 터주었다. 그러면서도 살기를 담은 눈빛을 쏘아 보내는 것은 멈추지 않았다.

마교주는 그들이 터준 길을 따라 여유롭게 걸어갔다.

서윤은 자신을 스쳐 가는 마교주를 응시하다가 그에게 전음을 보냈다.

[다시 보게 되는 날이 당신의 위패를 만드는 날이 될 것이오.]

서윤의 전음에 잠시 발걸음을 멈춘 마교주가 입가에 미소를 지었다. 그러고는 다시 앞으로 걸어가며 서윤에게 전음을 보냈다.

[기다리고 있겠다.]

무림맹에 들어선 마교주의 모든 행동은 정도 무인들의 시선을 집중시켰다. 살기와 경계심, 그리고 공포 등이 어우러진 시선을 받으면서도 마교주는 여유롭게 조문을 마쳤다.

조문을 마치고 돌아선 마교주가 발걸음을 멈추고는 어느 한쪽을 쳐다보았다.

잠시 그곳을 응시하던 그가 미소를 짓고는 다시 발걸음을 옮겼다.

설백은 심장이 터질 것 같은 충격을 받았다.

설시연의 부축을 받아 멀리 떨어진 곳에서 마교주를 보고 있었다.

아직 서윤과 설시연은 모르는 듯했지만 자신의 아들인 마교주를 보고자 하는 것은 설백의 입장에서 당연한 일일지도 모른다.

먼발치에서 그를 바라보던 설백은 마교주와 눈이 마주쳤다.

아니, 마주쳤다고 생각했다.

내공을 잃으면서 시력 역시 나이 많은 노인 수준으로 확 떨어졌기에 제대로 보이지 않았기 때문이다.

하지만 분명 어느 순간 마교주의 것으로 생각되는 눈빛

하나가 꽂히는 것을 느낄 수 있었다.

정확하게 시선이 마주친 것은 아니라 하나 그 눈빛은 설백의 눈을 지나 심장을 관통하는 것 같았다.

그만큼 강렬한 기운이 설백에게 다가온 것이다.

'하, 괴물이 되었구나, 괴물이 되었어. 내 잘못이다.'

"할아버지, 괜찮으세요?"

"괜찮다. 들어가야겠구나."

걱정하는 설시연을 안심시킨 설백이 그녀의 부축을 받아 다시 안으로 발걸음을 옮겼다.

'윤아, 연아야, 내가 미안하구나. 너희에게 너무 큰 짐을 지웠어. 그래도 마무리를 지을 사람은 너희들뿐이구나. 미안하다.'

설백의 표정에 슬픔이 묻어났다.

*　　　　*　　　　*

조문을 마친 마교주는 지체하지 않고 무림맹을 벗어났다. 그렇다고 해서 도망치듯 서둘러 나오지는 않았다.

끝까지 여유롭게 당당한 발걸음으로 무림맹 정문을 통해 걸어 나왔다.

뒤쪽에서 느껴지는 살기가 뒤통수를 따갑게 찔렀지만 마

교주는 조금도 개의치 않았다. 그의 수하들만 이따금 뒤를 돌아보며 인상을 찌푸릴 뿐이었다.

"어떠셨습니까?"

"뭐가?"

여인의 물음에 마교주가 덤덤하게 되물었다.

"무림맹에 와본 소감이요."

"소감은 무슨. 어디든 돈 많은 놈들이 있는 곳은 다 똑같지. 아, 이렇게 말하면 내 얼굴에 침 뱉는 건가?"

그렇게 말하며 마교주가 미소를 지었다.

"그럼 그자는 어떻던가요? 실제로 보니."

"재미있겠어. 아까 한 말은 진심이었거든. 놀랐다고 한 건. 생각한 것보다 더 많이 컸어."

마교주의 말에 여인이 살짝 놀란 표정을 지었다.

"그 말씀은… 상대할 정도가 된다는 뜻인가요?"

그녀의 물음에 마교주가 슬쩍 그녀를 쳐다보고는 웃으며 말했다.

"아직 그 정도는 아니지."

*　　　　*　　　　*

마교주가 다녀간 뒤 무림맹의 분위기는 어수선했다.

아직도 화가 가라앉지 않은 사람도 있었고 두려움에 부르르 떠는 사람도 있었다.

그가 무림맹을 찾은 목적이 정말 조문이었는지는 모르겠지만 한 가지는 분명했다.

그가 찾아옴으로써 무림맹의 분위기를 뒤흔들어 놓는 데에는 성공했다는 것이다.

그런 그들의 모습을 보며 서윤은 걱정스러운 표정으로 처소로 돌아가고 있었다.

처소로 돌아온 서윤은 좋지 않은 안색으로 잠들어 있는 설백을 보고는 서둘러 그에게 다가갔다.

"안색이 안 좋은데 괜찮으신 겁니까?"

"방금 의선께서 왔다 가셨어요. 조금 충격을 받아서 그렇지 큰 문제가 있는 건 아니라고 하시더라고요."

설시연의 말에 서윤이 고개를 끄덕이고는 의자에 몸을 앉혔다.

잠시잠깐 마교주와 마주한 것뿐이지만 진이 빠지는 것 같은 기분을 느끼고 있는 서윤이다.

"괜찮아요?"

"괜찮아요. 대단하긴 하더군요."

"누구요? 마교주요?"

"예."

서윤의 말에 설시연이 고개를 끄덕였다. 그녀도 설백과 함께 먼발치에서 본 것이지만 그 존재감을 굉장히 강렬하게 느꼈기 때문이다.

"어땠어요?"

"닿을 수 있는 거리까지는 들어온 것 같습니다."

"그래요?"

서윤의 대답에 설시연이 반색하며 물었다. 그에 서윤이 고개를 끄덕였다.

"예. 정확히는 모르겠지만 무조건 진다는 생각은 안 들더군요."

"그나마 다행이네요."

설시연이 대답했다. 하지만 표정이 밝지는 않았는데, 닿을 수 있는 거리까지 들어왔을 뿐 뛰어넘은 것은 아니기 때문이다.

"앞으로가 문제죠. 앞으로가."

서윤이 중얼거리듯 말했다. 그에 설시연은 말없이 서윤의 어깨를 주물러 주었고, 설백은 침상에 누워 잠에 빠져들어 있었다.

며칠의 시간이 지나고 조문 행렬은 거의 끝을 보이고 있었다. 조금 여유가 생기자 제갈공은 그간 미뤄둔 업무를 위해 집무실에 틀어박혔다.

깊은 한숨과 함께 그간 쌓인 보고서들을 펼쳐보던 제갈공은 보고서 몇 장을 들고 번갈아 바라보았다.

"잠깐, 뭐가 먼저야?"

그렇게 한참을 들여다보던 제갈공의 두 눈이 커졌다.

이런 보고가 올라와 있는 줄도 모르고 그간 그냥 놔두고 있던 자신을 탓하기 시작했다.

"지금 당장 의협대주를 불러라!"

제갈공이 밖에 대고 소리쳤다.

아직 상이 끝난 것은 아니었으나 서윤은 대원들의 훈련을 재개했다. 마교주와 마주한 이후로 시간이 부족하다는 생각을 계속 하고 있던 까닭이다.

대원들의 훈련을 지켜보고 있던 서윤은 제갈공이 급하게 찾는다는 이야기를 듣고는 대원들에게 훈련 내용을 지시해 놓고 급히 그의 집무실을 찾았다.

서윤이 도착하자 제갈공은 재빨리 그에게 다가갔다.

"이것 좀 보게."

제갈공이 건넨 보고서를 본 서윤의 눈이 커졌다.

"그자로군요."

"그래. 분명 그자가 맞는 듯하네."

"멀지 않은 곳에 있군요."

"다른 보고서들을 보면 그가 이곳으로 오고 있는 듯하네."

제갈공의 말에 서윤이 인상을 찌푸렸다.

"마교주는 상이 끝날 때까지 아무것도 하지 말라고 명령을 내려놨다 하지 않았습니까?"

"애초부터 믿을 말이 아니었던 게지. 아니면 이자가 독단으로 행동하고 있거나."

"흠……."

서윤이 다시 한 번 인상을 찌푸렸다. 그러고는 무언가 생각난 듯 제갈공을 보며 말했다.

"일전에 이자가 했던 그 말 말입니다."

"일 처리?"

"예. 그것이 맹주님은 아니었던 것 같습니다."

"그럼? 설마?"

제갈공의 말에 서윤이 고개를 저었다.

"무림맹은 아닐 겁니다. 이자가 아무리 강하다고 하나 혼자서 무림맹을 칠 생각은 못 할 겁니다."

"그럼 도대체 무엇이란 말인가?"

제갈공의 물음에 서윤은 마교주가 한 말을 떠올렸다.

"설마 아직까지 살아 있다니… 아직까지… 아직까지 살아 있다……."

그렇게 중얼거린 서윤이 놀란 표정으로 제갈공을 바라보았다. 제갈공 역시 서윤과 같은 생각을 한 듯 그를 마주 보았다.

"설마? 자네가 목적인 건가?"

"아무래도 그런 것 같습니다."

"하……."

제갈공이 깊은 한숨을 내쉬었다. 지금 상황에서 서윤이 화를 당한다면 희망이 꺾일 수 있었다.

그렇다고 전대 마교주가 이곳까지 오도록 그냥 놔둘 수도 없는 노릇이다. 게다가 지금 마주치지 않도록 한다고 해도 언젠가는 마주치게 될 것이 분명했다.

가급적 그 시기를 늦추고 싶지만 그러기엔 전대 마교주가 너무 빠르게 무림맹으로 향하고 있었다.

"가겠습니다. 이곳에서 그자를 마주할 수는 없습니다."

"아예 불러들여 이곳에서 협공을 하는 게……."

제갈공의 말에 서윤이 다시 한 번 고개를 저었다.

"그렇게 되면 헛된 희생만 늘어날 뿐입니다. 차라리 저 혼자 상대하는 것이 낫습니다."

"하지만……."

"아닙니다. 그러는 편이 낫습니다."

"이자가 마지막이라면 또 모르겠지만 아직 마교주도 남아 있네. 우리 중에서 그자를 상대할 사람은 자네밖에 없어."

"이자를 이기지 못한다면 마교주도 이길 수 없습니다."

서윤의 단호한 말에 제갈공은 머리가 아파왔다. 하지만 이제는 서윤을 말릴 수 있는 방법도 떠오르지 않았다.

"조심하게."

"예."

서윤이 짧게 대답하고는 제갈공의 집무실을 나섰다. 그 뒷모습을 제갈공은 불안한 시선으로 바라보았다.

*   *   *

"뭐라고요? 그자의 목적이 가가였다고요?"

"예. 그게 맞는 것 같아요. 지금 무림맹 쪽으로 오고 있다 더군요."

서윤의 말에 설시연이 불안한 표정을 지었다. 맹주인 종리혁을 죽인 인물이 이제는 서윤과 싸우기 위해 온다고 한다.

얼마나 강할지 알 수 없는 인물.

설시연이 걱정하는 것은 당연했다.

"저도 가겠어요."

"안 돼요."

서윤의 단호한 말에 설시연은 말을 잇지 못했다. 단호한 말투뿐만 아니라 서윤의 분위기가 설시연의 말과 행동을 저지하고 있었다.

"저 혼자 해야 할 일이에요."

그렇게 말하는 서윤을 설시연은 걱정스러운 표정으로 바라보고 있었다. 어느새 그녀의 두 눈에는 눈물이 그렁그렁 맺혀 있었다.

"걱정하지 말아요. 무사히 돌아올 테니까."

그렇게 말한 서윤이 설백을 바라보았다. 설백은 덤덤한 표정으로 두 사람을 바라보고 있었다.

"종조부님, 다녀오겠습니다."

"윤아."

"예."

"친손자는 아니라 하나 넌 그 친구와 참 많이 닮았다."

설백이 하는 말을 서윤은 가만히 듣고 있었다.

"그 친구는 두려움이 없는 것 같았어. 그리고 거침이 없었지. 자신이 해야 하는 일이라 생각하면 망설이지 않고 나섰고 한 번도 실패한 적이 없었다."

"그랬군요."

"그 친구에 못지않게 너도 그러한 기질과 기백을 가지고 있구나. 그 친구가 그러했듯 너 역시 반드시 실패하지 말고 성공해 돌아오너라."

"알겠습니다. 반드시 그렇게 하겠습니다."

서윤의 대답에 미소를 지은 설백이 서윤을 가만히 안아주었다. 서윤은 설백의 품에서 신도장천의 따뜻함을 느꼈다.

"가거라. 이기고 돌아오너라. 내 손녀 울리는 짓 따위는 절대 하지 말거라."

"예!"

씩씩하게 대답한 서윤이 설시연을 한차례 바라보고는 처소를 나섰다.

무림맹을 떠나기 전 서윤이 마지막으로 전달받은 전대 마교주의 위치는 중경이었다. 중경이라면 가는 길에 마주칠 수 있을 터.

서윤은 지체하지 않고 서쪽으로 방향을 잡고 빠른 속도로 달렸다.

*　　　*　　　*

서윤이 무림맹을 떠났다는 소식을 들은 후개는 개방의

정보력을 동원해 서윤과 전대 마교주의 행방을 쫓으라 했다.

전대 마교주의 행방은 서윤에게 알려야 하기 때문이고, 서윤의 행방은 혹시라도 일이 잘못되었을 때에 대비하기 위함이었다.

서윤이 전대 마교주를 이긴다면 두 가지 효과를 노릴 수 있었다.

한 가지는 종리혁에 대한 복수를 했으니 정도 무인들의 사기가 올라갈 것이다.

비록 지금은 상을 치르고 애도하는 기간이라 적도 아군도 별다른 움직임을 보이고 있지 않지만 정도 무인들의 마도에 대한 적의는 상당했다.

그런 그들에게 서윤이 승전보를 가져다준다면 이보다 더 좋은 사기 진작은 없을 것이다.

두 번째는 이 전쟁 자체에 대한 승리 확률이 올라갈 것이다.

어쨌든 마지막 결판은 서윤과 마교주가 하게 될 터.

냉정하게 판단해 아직은 서윤의 열세였다.

하지만 만약 이번에 서윤이 전대 마교주를 꺾고 그 과정에서 성장을 이뤄낸다면 마교주를 이기는 것도 충분히 가능했다.

물론 두 사람이 만나기 전까지 마도 쪽과의 싸움에서 승기를 잡아와야만 그것도 효과를 볼 수 있었다.

최대한 서윤의 부담을 덜어주어야 그가 마교주와 마지막 싸움을 펼치는 데 온전히 집중할 수 있을 것이다.

"판을 잘 짜야 할 텐데……."

개방 내에서 최연소 장로가 될 정도로 기재라 불리던 그다.

섬서 지부 지부장을 벗어나 후개가 되고 더 큰 세상을 경험하면서 잠자고 있던 그의 기지가 번뜩이기 시작했다.

*　　　　*　　　　*

서윤이 형산을 떠나 원릉(沅陵)현에 도착한 것은 불과 사흘만이었다. 지금 속도라면 원릉에서 중경으로 넘어가는 것은 반나절 정도면 충분히 가능할 것 같았다.

하지만 서윤은 원릉에서 중경으로 넘어갈 생각이 없었다.

현 세력 구도로 보면 중경은 마도의 세력권이었다. 적진에서 싸우는 것보다는 전선이라 해도 아군 진형에서 싸우는 것이 훨씬 나았다.

그나마 다행이라면 전대 마교주가 진형 같은 것은 따지지 않는 것 같다는 점이다.

서윤은 원릉에 객점을 잡았다.

전대 마교주가 올 때까지 기다리려는 속셈이다.

전대 마교주 역시 서윤과 마찬가지로 중경에서 호남성으로 넘어가지 않고 있었다.

그가 중경 끝자락에 도착한 것은 서윤이 원릉에 도착하기 하루 전이었다.

호남성으로 넘어가 서윤을 기다려도 상관없었지만 굳이 그러지 않았다.

중경의 조용한 곳에 틀어박혀 한가롭게 나뭇잎 소리, 물소리 등을 들으며 서윤의 행보를 전달받고 있었다.

현재 마교 내에서 종리혁을 죽인 자가 전대 마교주라는 건 공공연한 비밀이었다. 모두가 알고 있지만 입 밖으로 내지 않고 있는 그런 비밀.

이미 정도 쪽에서 소문이 파다하고 마도 쪽에서도 여러 경로로 그 정보가 많은 이의 귀에 들어간 상태였다.

마도 쪽에는 전대 마교주에 대한 충성심이 두터운 이들이 아직 있었다.

지금의 마교주를 지지하는 건 그의 무공이 강하기도 하고 아들이라는 이유도 있었지만 실상은 전대 마교주에 대한 충성심은 곧 마교에 대한 충성심이었기 때문이다.

전대 마교주가 살아 있다는 사실을 알게 된 후 그들의 동요는 수면 밑에서 두드러졌다.

하지만 그렇다고 반란을 일으킨다거나 현 교주에게 이에 대한 해명을 요구하지도 않았다.

우선은 이번 일의 결과를 살피는 것이 우선이라는 생각 때문이었다.

그 때문에 마교에서는 직접적으로 드러나는 지원을 하지는 않았으나 은밀하게 그를 지원하고 있었다.

'역시나 안 넘어오는군. 똥개도 제 집에서는 반절은 먹고 들어간다 했던가? 제 스승과는 다른 면이 있군.'

전대 마교주가 그렇게 생각하며 입가에 미소를 지었다.

그러고는 자리에서 벌떡 일어나 엉덩이에 묻은 흙을 툭툭 털고는 발걸음을 옮겼다.

그가 향하는 곳은 호남성이 있는 방향이었다.

객점에 자리 잡은 서윤은 개방에서 전해주는 정보를 듣고 있었다.

전대 마교주가 중경을 넘어 호남성에 들어섰다는 이야기부터 얼마 후면 이곳에 도착할 것이라는 얘기였다.

한창 서윤의 곁에 서서 그런 이야기를 내뱉던 거지에게 서윤이 물었다.

"혹 이 가까운 곳에 인적이 드문 곳이 있습니까?"

"있습니다. 약 육 리 정도 가면 그리 넓지는 않지만 공터 하나가 있는 것으로 알고 있습니다."

"그렇습니까?"

"예."

서윤의 물음에 대답한 개방 거지가 그의 다음 말을 기다리며 가만히 서 있었다.

"지금 곧장 저는 그리로 갈 것입니다. 제가 그곳에 도착하면 사람들이 다가오지 못하도록 통제해 주십시오. 후개께는 제가 나중에 말씀드리겠습니다."

"알겠습니다!"

서윤의 말에 개방 거지가 큰 소리로 대답하고는 서둘러 객점을 벗어났다. 잠시 그렇게 홀로 앉아 있던 서윤이 자리에서 일어나 방을 나섰다.

개방 거지의 말대로 객점이 있는 곳에서 조금 벗어나자 민가도 줄어들고 인기척도 거의 사라졌다. 그리고 조금 더 가자 아예 사람들이 보이지 않았으며 이내 그가 말한 공터가 모습을 드러냈다.

아직은 해가 지기 전 상황.

서윤은 공터로 다가가 한쪽에 있는 그리 높지 않은 나무

밑에 걸터앉았다.

그 상태로 기감을 펼친 서윤은 먼 거리에서 분주하게 움직이는 기척이 느껴졌다.

서윤의 부탁대로 개방 거지들이 경계망을 치고 있었다.

그에 가만히 고개를 끄덕인 서윤은 그 자리에서 가부좌를 틀고 운기에 들어갔다.

서윤이 눈을 뜬 것은 해가 완전히 지고 달이 뜬 시간이었다. 시간이 정확히 어떻게 되는지는 모르겠으나 제법 시간이 흘렀다는 것만은 확실했다.

운기를 마친 서윤의 눈에서 밝은 안광(眼光)이 뿜어져 나왔다.

개운함을 느낀 서윤은 자리에서 일어섰다.

그러고는 어느 한곳을 가만히 응시하고 서 있었다.

"재미없어, 재미없어."

서윤이 응시하던 곳에서 나타난 이는 술병을 든 전대 마교주였다. 서윤은 이미 그의 존재를 느끼고 있었던 것이다.

"거지들이 경계망을 쳐놨길래 덤벼들기라도 할 줄 알았더니 그냥 들여보내 주더군. 재미있는 일이 있을 줄 알았는데 아니었어."

나이를 무색케 하는 힘 있는 목소리였다. 그것만으로도

강자의 기운을 느낄 수 있었다.

"한잔하겠는가?"

"됐소."

술을 권하는 전대 마교주에게 서윤은 무심하게 대답했다. 그에 전대 마교주가 아쉽다는 듯 말하며 술병 주둥이를 입으로 가져갔다.

그러고는 술을 한 모금 마시고 입을 열었다.

"제법 비싼 술인데. 오량액(五粮液)이라고 들어봤나? 그리 오래된 술은 아니지만 맛이 일품이지."

그렇게 말하며 전대 마교주가 다시 술병을 서윤 쪽으로 내밀었다. 하지만 서윤은 아무런 반응도 보이지 않았다.

"아쉽군, 아쉬워. 그거 아나? 난 자네 사부와 이렇게 술 한잔 하고 싶었어. 마지막 순간에. 생사결(生死結)을 앞둔 상황에서도 이렇게 술 한잔 하며 짧게나마 담소를 나누고 싶었지. 한바탕 웃어 젖힌 후에 내 손으로 죽여주고 싶었는데 정말 아쉬워."

전대 마교주의 말에 서윤이 눈썹을 꿈틀거렸다. 그런 서윤의 반응에도 아랑곳하지 않고 전대 마교주가 말을 이었다.

"그래도 뭐 상관없겠지. 꿩 대신 닭이라고 그 제자와 이렇게 만났으니."

뚝! 뚝! 뚝!

술병을 든 전대 마교주의 반대편 손끝에서 물 같은 것이 떨어지고 있었다.

방금 마신 술기운을 몰아내고 있는 것이다.

그 증거로 방금 전까지 살짝 취기가 올라 보이던 그의 얼굴이 멀쩡하게 변해가고 있었다.

"스승 대신 제자를 만났으니 스승 대신 제자인 네가 죽어라."

그렇게 말하는 전대 마교주의 두 눈이 붉게 물들고 있었고, 서윤 역시 진기를 끌어 올렸다.

달빛이 내려앉은 공터에 스산한 기운이 흰 종이 위에 떨어진 한 방울의 먹물처럼 천천히 번져가고 있었다.

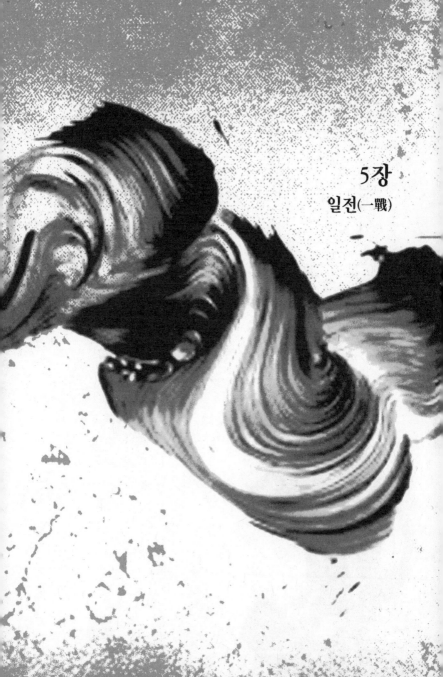

5장
일전(一戰)

風神徐閠

풍신서윤

　서윤은 가만히 전대 마교주를 응시했다.

　오히려 긴장감은 사라져 갔고 점점 더 차분하고 냉정해져 갔다. 그런 마음을 대변하듯 서윤의 표정에도 일절 변화가 없었다.

　반대로 전대 마교주의 표정은 점점 딱딱하게 굳어가고 있었다.

　완전히 붉은빛을 띠는 눈.

　서윤은 과거 소귀의 눈이 시뻘겋게 충혈되었던 때를 떠올렸다.

그때의 소귀는 광기에 물들었다면 지금의 전대 마교주는 그렇지 않았다.

온전히 이성을 가진 채로 서윤을 바라보고 있었다.

두 사람은 잔뜩 기운을 끌어 올린 채 서로를 쳐다보고 있었다.

하지만 두 사람의 눈빛 사이에서는 치열한 공방전이 펼쳐지고 있었다.

두 사람은 각자 서로에게 가상으로 수없이 많은 공격을 펼쳤다. 하지만 번번이 막히며 반격을 당하기 일쑤였다.

쉽게 틈을 주지 않는 두 사람.

서윤과 전대 마교주의 이마에서 땀이 흐르기 시작했다.

그러기를 한 식경.

서로를 노려보며 기 싸움을 벌이던 두 사람이 동시에 땅을 박찼다.

팍! 팍!

한 치의 오차도 없이 동시에 들린 소리.

그리고 뒤로 빠르고 강하게 튀어나가는 흙더미와 돌멩이들.

두 사람은 어느새 서로의 지척까지 다가와 있었다.

먼저 서윤을 노린 건 역시나 전대 마교주의 검이었다.

마치 붉은색으로 칠을 한 듯 붉은 기운을 가득 머금은

검이 서윤의 심장을 노렸다.

하지만 쾌풍보를 펼치는 서윤의 움직임에는 미치지 못했다.

이번에는 경쾌한 발놀림으로 검을 피한 서윤의 주먹이 전대 마교주의 복부를 향해 꽂히고 있었다.

주변의 기운이 서윤의 팔과 주먹을 중심으로 모여들며 강한 회전력이 걸렸고, 그것은 위력을 배가시켜 주고 있었다.

뻗어내는 주먹의 위력에 주변의 공기까지 빨아들인 탓에 전대 마교주는 제대로 대응하기가 어려웠다.

하지만 순간 그의 붉은 눈빛이 번뜩이는가 싶더니 서윤의 기운을 무위로 돌리며 검을 휘둘렀다.

검에 의해 팔이 잘려 나가기 직전.

서윤은 아쉬워하며 몸을 회전시키더니 주먹을 다른 방향으로 뻗어 검을 가격했다.

꽝!

강력한 폭음이 터져 나오며 전대 마교주와 서윤이 휘청거렸다.

멀찌감치 물러선 서윤은 내심 놀랐다.

전대 마교주의 검을 감싼 붉은 기운이 마치 살아 있는 것처럼 서윤의 주먹을 향해 달려들었던 것이다.

'뭐지?'

서윤은 방금 전의 상황을 떠올리며 심장이 쫄깃해지는 느낌을 받았다.

만약 가격함과 동시에 그 반탄력에 주먹이 튕기지 않았다면 주먹이 온전하지 못했을지도 모르겠다는 생각이 들었다.

"크크. 아쉽구만, 아쉬워."

전대 마교주가 진심으로 아쉬워하며 말했다.

"먹히지 않도록 조심하는 게 좋을 거야."

그렇게 말한 전대 마교주가 다시금 움직였다. 빠르면서 강한 위력이 담긴 일검이 어느새 서윤의 미간을 노리고 있었다.

하지만 서윤은 침착하게 움직였다.

최소한의 움직임을 가져가며 쉴 새 없이 전대 마교주의 전신을 두들기려 했다.

그러나 서윤의 그러한 시도는 마음먹은 대로 흘러가지 않았다.

우선 전대 마교주의 움직임이 너무나 절묘했다.

마치 서윤의 수를 모두 읽고 있다는 듯 적절한 때에 적절한 움직임을 가져가고 있었다.

그러다 보니 서윤은 전대 마교주에게 제대로 된 공격을 명중시킬 수가 없었다.

하지만 결정적인 이유는 그것이 아니었다.

계속해서 서윤을 집어삼킬 듯 움직이는 그 붉은 기운.

그것이 가장 큰 이유였다.

이미 붉은 기운의 그러한 특징을 염두에 두고 있었기에 처음과 비교해 큰 위협이 되지는 않고 있었다.

끊임없이 서윤을 집어삼킬 것처럼 움직이는 그 붉은 기운 때문에 계속해서 신경이 쓰일 수밖에 없었다.

그 때문에 제대로 들어갈 수 있던 공격 몇 차례가 무위로 돌아가고 말았다.

그럴 때마다 서윤은 속으로 굉장히 아쉬워했지만 이내 전대 마교주의 움직임에 집중했다.

놀라운 것은 두 사람의 싸움이 굉장히 좁은 공간에서 이뤄지고 있다는 점이다.

공터 자체가 넓지 않음에도 두 사람은 그 안에서도 좁은 면적 안에서만 공방을 펼치고 있었다.

이는 까닥하다가는 큰 부상을, 아니, 그것을 넘어 목숨을 잃을 수도 있다는 뜻이다.

지척에서 빠르고 위력적인 공격이 오가는데 부상으로 그친다면 그것이야말로 천운이라 할 수 있을 것이다.

서윤이 빠르게 몸을 숙였다.

그러자 전대 마교주의 검이 그의 머리 위를 스치듯 지나 갔고, 검에 물든 붉은 기운이 서윤의 머리카락을 뜯을 듯 달라붙었다가 떨어져 나갔다.

그 불쾌한 느낌에 서윤이 인상을 찌푸렸다.

하지만 그 기분에 인상만 찌푸리고 있을 수도 없었다. 뒤통수 쪽에서 서늘한 기운이 다가오고 있었기 때문이다.

전대 마교주는 뻗은 검을 회수하면서도 공격을 했다.

정확히 말하면 그가 하는 동작 모두가 공격이었다. 방어의 시작과 끝도 공격이었으며 방금 전처럼 공격을 회수할 때에도 공격이었다.

그러다 보니 서윤은 정신을 차릴 수가 없었다.

서윤 역시도 쉴 새 없이 전대 마교주에게 공격을 퍼붓고 있었지만 조금씩 전대 마교주의 기세에 밀리고 있었다.

그런 점은 서윤 스스로도 느끼고 있었다.

이대로라면 점차 기세에서 밀려 패하고 말 것이라는 생각이 강하게 들었다.

서윤은 진기를 더욱 끌어 올렸다.

애초부터 전대 마교주 정도 되는 강자를 전반, 중반 육초식만 가지고 상대할 생각을 한 것이 잘못된 것인지도 모른다.

서윤은 더욱 강한 진기를 담아 건룡초풍의 초식을 펼쳤다.

갑자기 위력이 두 계단 이상 뛴 그의 공격에 전대 마교주도 쉽게 피하거나 반격할 생각을 하지 못하고 몸을 피했다.

두웅!

서윤의 주먹이 허공을 때렸다. 그러자 마치 큰 북을 치는 것 같은 웅장한 소리가 사방에 퍼졌다.

만약 전대 마교주가 서윤의 공격에 맞섰다면 폭음이 터졌을 터.

하지만 서윤이 허공을 짧게 끊어 친 탓에 주먹 앞에 모인 공기를 때리며 북 소리가 난 것이다.

짧게 주먹을 끊어 치고 거리를 벌린 서윤을 본 전대 마교주는 자신이 당했다는 것을 깨달았다.

거리가 벌어지자마자 서윤은 진기를 끌어 올렸다.

후반 이 초식을 준비하는 것이다.

서윤의 몸에서 가공할 기운이 느껴지자 전대 마교주 역시 더더욱 진기를 끌어 올렸고, 그의 눈을 물들인 붉은 기운은 더욱 강렬한 빛을 뿜어내기 시작했다.

콰아아아앙!

서윤의 주먹이 조금 더 빨랐다.

광풍난무의 초식이 펼쳐짐과 함께 가공할 위력의 권강이 뿜어져 나갔다.

전대 마교주의 눈에 이채가 서렸다.

그리고 별다른 준비 동작 없이 그가 빠르게 검을 한 차례 휘둘렀다.

그러자 그의 검에 맺혀 있던 붉은 기운이 거대한 그물을 만들어내며 앞으로 뻗어왔다.

전대 마교주가 그 두려운 존재감을 떨칠 수 있던 그 초식, 적혈망(赤血網)이 펼쳐진 것이다.

단 한 번의 휘두름으로 만들어진 그물이 허공에서 반듯하게 펼쳐지더니 서윤이 쏘아 보낸 강기를 향해 똑바로 날아갔다.

쏴아아아아!

쿠와아아아!

두 기운이 서로를 잡아먹을 듯 맹렬한 기세로 날아갔다. 하지만 서윤은 알 수 있었다.

전대 마교주가 펼쳐낸 붉은 그물은 결코 만만치 않다는 것을.

그것을 느낀 순간 서윤은 다시 한 번 진기를 끌어 올렸다.

그러고는 풍절비룡권 마지막 초식인 난마광풍을 펼쳤다.

콰콰콰콰콱!

콰콰쾅!

두 개의 권강이 적혈망과 정면으로 충돌했다.

깨고 나아가려는 적혈망과 필사적으로 막으며 그물을 찢

으려는 두 개의 권강이 치열한 싸움을 펼쳤다.

주변의 공기가 요동치며 세 개의 기운 사이로 빨려들어 갔다.

그 힘이 워낙 강해 서윤과 전대 마교주도 한두 걸음 앞으로 딸려갈 정도였다.

가운데에서 만나 응축된 세 개의 기운과 공기가 순식간에 터져 나갔다.

콰아앙!

벽력탄이 백 개는 터진 것 같은 폭음과 충격파가 사방을 휩쓸었다.

제법 먼 거리에서 사람들이 접근하지 못하도록 경계망을 치고 있던 개방 거지들에게까지도 여파가 미칠 정도로 상당한 충격파였다.

하물며 가까이에 있는 두 사람, 서윤과 전대 마교주는 어떻겠는가.

재빨리 기운을 끌어 올리며 그 충격파에 맞섰다.

이를 악물고 버텼지만 결국 그 충격파는 두 사람을 휩쓸고 말았다.

폭음이 가라앉고 모습을 드러낸 사방은 초토화라는 단어가 딱 어울릴 정도의 모습으로 변해 있었다.

서윤은 양쪽 무릎을 꿇은 채 고개를 숙이고 있고 전대

마교주는 대자로 널브러져 있었다.

숨을 쉬기는 하는 것인지 알 수 없는 상황.

잠시 후, 먼저 움직인 것은 서윤이었다.

"카악! 쿨럭!"

내상이 심한 듯 서윤이 검붉은 피를 한 사발 쏟아내었다.

힘겹게 고개를 드는 서윤의 얼굴은 창백하게 변해 있었다.

겨우겨우 통증을 참아내고 있는 듯 창백한 그의 얼굴에서 땀이 비 오듯 쏟아지고 있었다.

서윤은 전대 마교주를 쳐다보았다.

여전히 쓰러진 채 움직이지 않고 있는 전대 마교주.

서윤은 그가 일어나지 않기를 바랐다. 방금 전의 내상으로 더 이상 싸울 수 없을 것 같았기 때문이다.

하지만 서윤의 바람은 이뤄지지 않았다.

서윤이 그런 생각을 한 직후 전대 마교주가 천천히 상체를 일으켰다.

잔뜩 인상을 찌푸리며 몸을 일으키는 전대 마교주의 눈에서 붉은빛은 사라져 있었다.

대신 서윤과 마찬가지로 안색이 창백했는데, 몇 번이고 토악질하려는 것을 겨우겨우 참아내고 있었다.

서윤은 피를 토했지만 전대 마교주는 피를 토하지 않으려는 듯 이를 악물고 목구멍을 타고 올라오는 피를 억누르고 있었다.

"쿨럭!"

하지만 참는 것에도 한계가 있었다.

계속해서 넘겼지만 몇 번이고 다시 올라오던 피가 입안을 가득 채웠고, 결국 참지 못하고 피를 토한 것이다.

전대 마교주가 인상을 찌푸렸다.

상당한 통증이 내부 장기를 타고 전신에 퍼지고 있는 까닭이다.

서윤과 전대 마교주는 통증을 참으며 서로를 쳐다보았다.

그리고 두 사람 모두 지금이라면 상대를 쓰러뜨릴 수 있을 것이라는 생각을 하고 있었다.

하지만 야속하게도 두 사람의 몸은 생각을 따라가지 못했다.

힘겹게 몸을 일으키려던 서윤은 결국 다시 주저앉고 말았다. 전대 마교주는 상체를 일으켜 앉은 채로 일어설 생각도 못 하고 있었다.

'빨리, 조금 더 빨리!'

서윤이 속으로 중얼거리며 몸속을 빠르게 돌고 있는 진기를 재촉했다.

지금 이 기회가 아니라면 전대 마교주를 쓰러뜨릴 수 없을 것 같다는 생각이 강하게 들었기 때문이다.

그런 서윤의 바람 덕분일까.

심하던 통증이 조금씩 가라앉고 있었다.

물론 아직도 통증이 심하기는 했으나 조금 전처럼 일어서지 못할 정도는 아니었다.

통증이 조금 약해지자 서윤은 힘겹게 몸을 일으켰다.

가만히 있던 몸이 움직이자 다시금 전신에서 지독한 통증이 밀려왔으나 서윤은 멈추지 않았다.

겨우 몸을 일으킨 서윤은 천천히 진기를 돌려보았다.

통증이 일기는 했으나 참을 만했다.

아니, 참을 수 있다고 끊임없이 자신을 세뇌시키고 있었다.

그와 동시에 전대 마교주도 천천히 몸을 일으켰다.

힘겨워 보이기는 그쪽도 마찬가지였다.

몸을 일으키고 서윤을 바라보는 전대 마교주의 두 눈이 다시금 붉게 물들어가고 있었다.

하지만 그것도 잠시.

붉게 물들던 눈이 다시금 풀렸다. 그 역시도 진기를 끌어올릴 수 없는 상태였던 것이다.

"아무래도 우리는 다음에 다시 만나야 할 운명인 모양이구나."

힘겹게 한마디를 내뱉은 전대 마교주가 이를 악물고 신형을 날렸다.

내, 외상으로 인한 통증이 상당할 텐데도 제법 빠른 속도로 그 자리를 벗어나는 그였다.

전대 마교주가 자리를 떴지만 서윤은 쫓을 생각을 하지 못했다.

사실 몸을 일으키기는 했으나 아직까지 제대로 움직일 정도로 회복하지는 못한 것이다.

서윤은 그렇게 한동안 가만히 서 있었다.

점차 아득해지는 정신을 겨우 붙들며 억지로 두 다리에 힘을 주어 섰다.

그렇게 얼마의 시간이 흘렀을까.

서윤이 힘겹게 고개를 들었다. 자꾸만 감기는 눈에 억지로 힘을 주어 부릅뜬 서윤은 주변을 두리번거렸다.

어느 쪽이 어느 방향인지 가늠하기가 어려웠다.

서윤은 아무 쪽으로나 방향을 잡고 힘겹게 다리를 움직였다.

서윤과 전대 마교주, 두 사람의 치열한 공방이 펼쳐졌던 그 자리에는 두 사람이 쏟아낸 각혈과 처참하게 초토화된 주변 모습만 남아 있었다.

＊　　　＊　　　＊

"뭐? 행방이 묘연하다고? 그 자리에 있던 방도들은 뭘 했단 말이냐!"

서윤의 행방이 묘연하다는 보고에 후개가 대노하여 소리쳤다. 만약의 사태에 대비해 거지들을 그쪽으로 보낸 것이 아니던가?

"마지막 충돌로 인한 충격파가 상당했다고 합니다. 그 때문에 주변에서 경계망을 치고 있던 방도들도 제대로 운신할 수가 없었다고 합니다."

"젠장!"

쾅!

후개가 자신의 책상을 강하게 내려쳤다. 부서지지 않은 것이 다행일 정도로 강한 일격이었다.

"방향도 모른단 말이냐?"

"일단 무림맹이 있는 호남성 쪽으로 먼저 수색을 진행했습니다."

"얼른 찾아라! 적의 수중에 먼저 떨어져서는 안 된다!"

"예!"

후개의 표정에서 다급함이 고스란히 묻어나고 있었다.

＊　　　＊　　　＊

　서윤의 행방이 묘연하다는 소식은 설시연의 귀에도 들어
갔다.

　그 소식을 전한 천보는 그녀가 상당한 충격을 받을 것이라
생각했지만 예상 밖으로 그녀는 침착함을 유지하고 있었다.

　"가가께서는 무사히 돌아오실 거예요."

　"그래야지요. 몇 번이고 살아 돌아온 분 아니십니까?"

　천보가 위로의 말을 건네며 고개를 숙였다. 그러자 치맛
자락을 움켜쥐고 있는 그녀의 주먹이 보였다.

　원래 붉은색이던 그녀의 치마가 움켜쥔 부분만 더 붉어
보이는 것은 천보의 착각이 아니었다.

　천보는 고개를 들어 설시연의 얼굴을 바라보았다.

　흔들리지 않으려 노력하고 있지만, 표정과 달리 심하게 흔
들리는 그녀의 눈동자에 천보는 다른 어떤 말도 할 수가 없
었다.

＊　　　＊　　　＊

　대륙상단에 홀로 남은 동은 태사현이 무림맹으로 떠나면
서 일러준 대로 서시의 치료를 계속하고 있었다.

동의 실력이 워낙 출중하고 가르쳐 주는 것을 빠르게 습득하는 재능이 있었기에 태사현도 안심하고 설백과 함께 무림맹으로 향할 수 있었다.

동은 특유의 침착한 표정으로 서시의 치료를 계속하고 있었다.

침을 놓기도 하고 살짝 입을 벌려 약을 먹이기도 했다.

가장 곤욕스러울 때는 바로 그녀의 몸에 약재를 바를 때였는데 그때만큼은 봉황곡 살수들도 밖에 나가 있었다.

하지만 동은 표정 하나 변하지 않고 아무렇지도 않게 그녀의 몸 구석구석 약재를 발랐다.

태사현과 연구해 실혼인이 된 몸까지도 어느 정도 되돌릴 수 있을까 싶은 생각에 하는 치료였으나 그 효과는 아직 알 수 없었다.

다만 한 가지 다행스러운 점이라면 다른 치료들은 어느 정도 효과를 보고 있다는 점이다.

아직 온전히 이성을 찾지는 못했으나 때때로 의식을 차리는 서시는 예전처럼 광기를 보이거나 하지는 않았다.

치료가 시작되고 정신에 가해진 금제가 불안정해지면서 보이던 광기가 안정되고 있다는 건 그만큼 진척이 있다는 뜻이기에 표정의 변화가 거의 없는 동도 언뜻언뜻 기쁜 기색을 보이고 있었다.

치료가 한창 진행되던 어느 날.

여느 때와 마찬가지로 서시의 몸에 약재를 바르던 동은 깜짝 놀랐다.

서시가 눈을 뜨고 자신을 바라보고 있는 것이다.

의식을 찾은 적이 한두 번은 아니나 초점이 명확한 시선으로 누군가를 혹은 무언가를 응시한 적이 없었기에 놀랄 수밖에 없었다.

"혹시… 정신이 드시오?"

동이 조심스럽게 물었다. 하지만 서시에게서는 아무런 대답도 들리지 않았다.

그녀의 무반응에 동은 작게 한숨을 쉬고는 다시금 서시의 몸에 약재를 발라갔다.

그리고 얼마 후.

"헛!"

동이 외마디 비명을 질렀다. 눈 깜짝할 사이에 상체를 일으킨 그녀가 동의 목덜미를 움켜쥔 것이다.

"캑!"

"넌 뭔데 내 몸을 만지고 있는 거지?"

온전한 목소리가 들리자 숨이 막혀 캑캑거리면서도 동의 눈동자에는 기쁨이 스쳐갔다.

"무슨 일이오?"

안에서 들린 소란에 밖에서 대기하고 있던 봉황곡 살수들이 문을 열고 들어왔다가 황급히 고개를 돌렸다.

비록 약재를 발랐다고는 하지만 서시는 여전히 나신인 채였기 때문이다.

"너희들……."

서시가 고개를 돌리는 봉황곡 살수들을 보고 말했다. 또렷한 그녀의 목소리에 놀란 봉황곡 살수들이 슬그머니 다시 고개를 돌렸다.

"곡주?"

살수 한 명이 서시에게 물었다. 그러자 서시가 목을 움켜쥐고 있는 동을 턱으로 가리키며 물었다.

"이자, 뭐야?"

"아무것도 기억나지 않으십니까?"

봉황곡 살수의 물음에 인상을 찌푸린 서시가 동의 목을 놔주었다. 그러자 동이 주저앉아 기침을 몇 번 하더니 자리에서 벌떡 일어났다.

그러고는 숨이 막혀 시뻘겋게 달아오른 얼굴을 그녀에게 바짝 들이대며 물었다.

"사람 맞습니까?"

동의 물음에 서시가 어처구니없다는 표정을 짓고 살수들

을 향해 물었다.

"얘 뭐냐니까?"

그녀의 물음에 봉황곡 살수들은 감격스러운 미소를 짓더니 우르르 동에게 다가가 연신 고맙다고 인사를 건넸다.

도저히 이 상황이 어떻게 돌아가고 있는 것인지 알 수 없는 서시만 잔뜩 인상을 찌푸리고 있었다.

혼자서 몸에 묻은 약재를 씻어내겠다고 하던 서시는 생각하던 것만큼 몸이 자유롭게 움직이지 않자 어쩔 수 없다는 듯 동을 호출했다.

밖에서 기다리고 있던 동은 자신을 찾는 그녀의 목소리에 쭈뼛거리며 안으로 들어갔다.

아까야 워낙 갑작스러운 상황이었고 서시의 정신 금제를 풀었다는 기쁨에 정신이 팔려 있었지만 지금은 아니었다.

알몸의 서시가 부르니 표정 변화가 없기로 유명한 동도 긴장한 기색을 보이며 슬그머니 문을 열었다.

문을 열자 천으로 몸을 가린 서시가 살짝 붉어진 얼굴로 동을 불렀다.

"좀 도와줘."

"예?"

"도와달라고."

그녀의 말에 고개를 끄덕인 동이 쭈뼛거리며 그녀의 몸에 묻은 약재를 닦아내었다.

'왜 하필 그때 깨어나서는……'

동이 부들부들 떨리는 손으로 자신의 몸을 닦아내기 시
작하자 서시는 두 눈을 꾹 감고는 속으로 그렇게 중얼거렸
다.

"그렇군. 그래서 몸이 부자연스러운 거였어."

충격을 받을 수도 있는 이야기였음에도 서시는 덤덤하게
받아들였다.

엄밀히 따지면 실혼인의 몸은 불사(不死)에 가까운 것이
다. 하지만 의식을 찾은 이상 이런 몸으로 죽지도 못하고 살
아야 한다는 것 자체는 고통일지도 몰랐다.

게다가 실혼인의 몸이 유지되기는 하겠지만 뇌가 다시 살
아난 이상 신체 역시 앞으로 어떻게 될지는 지켜봐야 했다.

원하지 않게 긴 삶을 살아야 하거나 시한부 인생을 살아
야 할지도 모르는 상황.

지금 그 처지가 된 서시는 덤덤하게 대꾸하고는 있었지만
다른 사람이라면 견디지 못할 충격을 받을지도 모를 일이었
다.

"그런데 다른 애들은?"

서시의 물음에 봉황곡 살수들의 표정이 어두워졌다. 적
의 꼬임에 넘어가 동료들이 죽었다는 이야기를 어떻게 한단

말인가.

그들의 표정을 본 서시는 불길한 예감이 스쳐 지나갔다.

하지만 대답을 들을 때까지 입을 열지 않고 가만히 그들을 바라보고 있었다.

"다들 죽었습니다."

"죽었다고? 어쩌다가?"

서시가 되묻자 봉황곡 살수들은 다시 입을 다물었다. 서시는 이번에도 가만히 그들의 대답을 기다렸다.

"곡주, 혹시 매영이라는 사람을 아십니까?"

"매영? 누구야, 그게?"

서시의 대답에 봉황곡 살수들의 표정이 절망으로 빠져들었다. 짐작하고는 있었으나 서시의 입으로 직접 들으니 더욱 분하고 억울했다.

"그게 누구냐고?"

"곡주의 언니를 사칭하여 접근했습니다. 연기력이 대단하더군요."

"뭐야? 언니? 어처구니가 없네. 혈육이 없는 건 아니지만 내 위로는 없어. 동생들뿐이지. 지금은 어디서 어떻게 사는지 모르겠지만."

서시의 말에 봉황곡 살수들이 고개를 끄덕였다. 모든 것이 분명해지는 순간이었다.

"그래서 그년이 죽인 거야?"

"그게 맞을 수도 있습니다. 실혼인이 된 동생을 살리겠다며 음귀곡주를 잡으러 가자고 몽을 비롯해 살수들 일부를 데려갔습니다."

"뭐?!"

서시가 놀라 소리쳤다. 의식을 잃기 전까지 음귀곡이 어떤 곳인지 짧게나마 경험을 해본 그녀였다.

그런데 그곳에 가서 음귀곡주를 잡아 오겠다는 건 말도 안 되는 소리였다.

"그래서 거길 따라갔단 말이야? 그리고 다 죽었고?"

"예. 음귀곡주를 데려오긴 했습니다. 목적은 곡주였던 것 같고요. 곡주를 다시 데려갈 생각이었던 것 같습니다."

"그년이……"

서시가 분노를 표출했다. 그러자 가공할 기운이 그녀의 몸에서 뿜어져 나왔다.

의식은 찾았으나 어쨌든 그 외 모든 것은 실혼인과 다를 바가 없는 그녀였다.

"큭! 곡주!"

가까운 거리에서 폭사되는 그녀의 기운에 노출된 살수들의 얼굴이 하얗게 질려갔다.

그러자 뒤늦게 그것을 깨닫고 서시는 기운을 풀었다.

"적응을 해야겠네. 어쨌든. 그년은 어딨어?"

"모르겠습니다. 마침 상단에 와 계시던 무림맹주의 공격에 큰 부상을 입었으니 어디서 회복 중이거나 죽지 않았을까 추측하고 있습니다."

"하……."

서시가 깊은 한숨을 내쉬었다. 수하들을 죽인 복수를 해야 하건만 자신의 손으로 할 수가 없는 상황이 된 것이다.

"이곳 주인은 어디 있지?"

"왜 그러십니까?"

"정신을 차렸으면 떠나야겠지만 아무래도 당분간 신세를 좀 더 져야 할 것 같아서. 정중하게 양해를 구해야지."

서시의 말에 봉황곡 살수 한 명이 후다닥 달려 나갔다.

잠시 후.

설군우가 모습을 드러냈다. 조금 긴장한 기색이었으나 서시에게서 별다른 위협감을 느끼지 못했는지 이내 긴장을 조금 푸는 것 같았다.

"제가 가야 하는데 이렇게 오시게 해서 죄송합니다."

"아니오. 이제 막 회복했다면 당연히 온전한 상태는 아니겠지요."

설군우의 말에 서시가 옅은 미소를 지었다. 좀 더 밝게 웃고 싶었으나 실혼인화 되어버린 몸은 마음처럼 움직여 주지 않았다.

"상태는 어떠시오?"

"아직까지는 크게 나쁘지는 않은 것 같아요. 다만 몸이 예전처럼 움직이지 않는 까닭에 적응하는 데 시간이 필요할 것 같네요."

그녀의 말에 설군우가 고개를 끄덕였다.

"실혼인이 되었다는 건 어쨌든 한 번 죽은 것이나 다름이 없는데 이렇게 의식을 찾았다는 것 자체가 천운이 아니겠소? 이곳에 머무르며 회복에 전념하겠다고 하면 얼마든지 도와주겠소."

"감사합니다."

서시가 고개를 숙였다.

"감사는. 우리 상단도 무림과 떼려야 뗄 수 없는 관계라오. 지금의 상황을 타개하기 위해서 자그마한 도움이라도 줄 수 있다면 얼마든지 그렇게 할 생각이오."

설군우의 말에 서시가 다시 한 번 옅은 미소를 지었다.

서시는 당분간 대륙상단에 신세를 지며 부자연스러워진 몸에 적응하는 데 전념하기로 했다.

수하들이 죽어 나갔고 자신은 실혼인으로 만든 적들을 용서할 생각 따위는 애초부터 없는 그녀였다.

'너희들이 준 이 힘, 이 힘으로 너희들을 지옥불로 밀어

넣어주마.'

서시는 속으로 나직이 중얼거리며 으스러지도록 주먹을
쥐었다.

*   *   *

마교주의 얼굴에서는 감정을 읽을 수가 없었다.

그의 앞에서 다음 말을 기다리고 있는 여인은 그 상황이
더욱 숨 막히고 두려웠다.

보통 이런 경우 마교주의 기분이 썩 좋지 않다는 걸 잘
알고 있는 까닭이다.

"둘 다 살아 있단 말이지?"

"그렇습니다."

"그래서 지금 둘 다 어디 있지?"

"그것이……."

여인이 제대로 대답을 하지 못하자 마교주의 아미에 주름
이 생겼다.

"둘의 행방을 모른단 뜻이군. 호남성에서 벌어진 일이라
해도 이렇게 모르면 쓰나. 게다가 둘 다 심각한 부상을 입
은 상태일 텐데."

"죄송합니다. 현재 최대한 흔적을 찾고는 있습니다."

"빨리 찾도록. 생사 확인이 우선이다."

마교주의 말에 고개를 숙인 여인이 다시 물었다.

"둘 중 한 명이라도 살아 있다면 어떻게 할까요?"

"만약 서윤 그자가 살아 있다면 훗날 나와 붙게 되겠지. 반대로 그분만 살아 있다면 그도 내가 알아서 처리하겠다. 하지만 둘 다 살아 있다면 그냥 놔두도록. 두 사람은 다시 붙게 될 거야."

"알겠습니다. 생사 확인만 하고 따로 손을 쓰지는 않겠습니다."

여인의 말에 마교주가 고개를 끄덕였다.

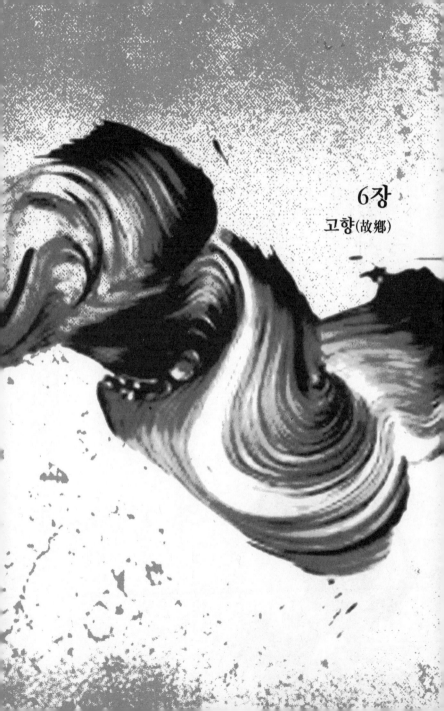

6장
고향(故鄉)

風神 徐潤

풍신서윤

서윤은 힘겹게 눈을 떴다.

낯선 천장이 보인 까닭에 지금 이곳이 어디인지 알 수가 없었다.

전대 마교주와의 싸움 이후 의식이 아득해져 가는 상황에서도 쉴 새 없이 걸었다.

어느 방향으로 걸었는지도, 얼마나 걸었는지도 잘 기억이 나질 않았다.

얼핏 기억이 나는 것은 힘든 와중에도 통증이 조금 가라앉았을 때 경공을 몇 차례 사용했다는 점 정도이다.

왜 그랬는지, 어떻게 그럴 수 있었는지는 서윤도 알 수 없었다.

서윤은 눈을 뜬 채 한참을 천장만 쳐다보고 있었다.

몇 차례 눈을 깜빡였지만 아직 초점이 맞지 않아 시야는 흐릿했다.

그때였다. 문이 열리는 소리가 들리며 누군가가 들어왔다.

"깼구나."

낯익은 목소리. 서윤이 힘겹게 고개를 움직여 말한 이의 얼굴을 바라보았다. 아직 시야가 흐릿했지만 그 얼굴만큼은 확실히 알아볼 수 있었다.

너무나 보고 싶고 궁금했던 얼굴, 바로 우인이었다.

서윤은 너무나 반가웠다. 하지만 몸을 제대로 움직일 수가 없었다.

"그냥 누워 있어. 오랜만에 보는 얼굴이 한밤중에 사색이 돼서 나타났을 때 얼마나 놀랐는지 아냐?"

우인이 서윤의 옆에 앉으며 말했다. 그에 서윤이 피식 웃으며 힘겹게 대답했다.

"미안하다."

"미안하긴. 솔직히 그렇게라도 얼굴 봐서 좋았다. 그리고 이렇게 눈을 떴잖아."

그렇게 말하며 우인이 함박 미소를 지었다.

우인의 그 말투, 표정, 그리고 지금의 이 분위기가 너무 그리웠기 때문인지 서윤은 마음이 편해지고 있었다.

"다들 무사한 모양이구나."

"여긴 다행히도 무사해. 뭐, 작은 마을이니 해를 입을 것도 없겠지."

우인의 말에 서윤은 그런 건 아니라고, 항상 조심해야 한다고 말해주고 싶었지만 괜한 불안감을 키우고 싶지 않아 입을 다물었다.

"소옥이가 너 깼다고 하면 엄청 기뻐할 거야. 잠깐 나갔으니 돌아올 때까지 좀 더 자둬."

우인의 말에 작게 고개를 끄덕인 서윤은 다시 잠에 빠져들었다.

서윤이 의식을 되찾았다는 소식은 순식간에 마을 전체로 퍼졌다. 예나 지금이나 우인의 입은 가벼웠다.

마을 사람들은 서윤이 돌아왔다는 소식에 모두가 기뻐했고, 상태가 위중하다는 말에 모두가 걱정했다.

다들 서윤이 부디 무사하길 기원했고, 깨어났다는 소식을 듣자 자신의 일처럼 기뻐했다.

마을 사람들에게 있어서 서윤은 자랑스러운 존재였다.

서윤이 무림맹에 소속되어 이 마을을 떠난 후 소식을 듣지 못하고 지낸 시간이 상당했다.

걱정이 되기는 했지만 무소식이 희소식이라 서로를 격려하며 애써 걱정을 떨치려 했다.

그러다가 서윤의 이름이 점차 중원에 퍼져 나가기 시작하고 그 활약이 널리 알려지면서 걱정은 씻은 듯이 사라졌고, 마을 사람들의 마음속에 자부심으로 자리 잡았다.

그런 서윤이니 모두가 한마음 한뜻으로 걱정하고 기뻐하는 것은 당연한 일이었다.

서윤이 마을에 온 지 닷새째.

우인은 여전히 식당 일로 바빴다.

서윤이 깨어난 이후로 식당을 찾는 사람들이 더 늘어난 까닭에 눈코 뜰 새 없이 바쁜 나날을 보내고 있었다.

"우인이~ 나 왔네!"

"아저씨, 또 오셨어요? 아까도 왔다 가셨으면서?"

우인이 포목점 주인인 장 씨를 보며 핀잔을 주듯 물었다. 그가 찾아온 목적이 너무나 뻔히 보였기 때문이다.

"아니 뭐, 우리 서 대협은 좀 어떤가 해서 와봤지."

"윤이가 언제부터 우리 서 대협이에요?"

"예끼! 자네는 아직도 서 대협을 윤이라 부르는가? 이젠 대협이야, 대협!"

"밖에서는 대협일지 몰라도 지금 저기 방에 누워 있는 저 놈은 그냥 제 친구 윤이로밖에 안 보이네요."

우인의 대꾸에 장 씨가 기가 차다는 듯한 시선으로 우인을 쳐다보았다.

"아, 바쁘니까 먹을 거 아니면 그냥 가요!"

"알았다!"

그렇게 말한 장 씨가 쭈뼛거리며 식당을 떠났다.

밤늦은 시간에 일을 마친 우인은 곧장 서윤이 쉬고 있는 방으로 향했다.

안으로 들어가자 서윤이 상체를 일으킨 채 벽에 기대어 앉아 있었다.

"벌써 그렇게 앉아도 돼?"

"괜찮아. 많이 좋아졌어."

"이야, 무림인은 대단하구나. 그 정도 부상에도 이렇게나 빠른 회복이라니."

우인의 말에 서윤이 피식 웃었다. 생각해 보면 자신도 예전에는 이런 회복 속도를 신기하게 생각했는데 정작 지금은 너무나 익숙해져 있었다.

그때, 문이 열리고 소옥이 약을 들고 들어왔다.

"약 드세요."

"이제는 안 먹어도 되는데."

서윤이 자신의 앞에 곱게 놓인 약사발을 보며 말했다. 실제로 서윤의 상태는 약을 먹지 않아도 자연 치유가 가능할 정도로 회복된 상태였다.

"안 돼요. 의원 할아버지가 꼭 먹이랬어요. 부상 회복도 회복이지만 몸에 좋은 거니까 안 먹는다고 하면 억지로라도 먹이라고 했어요."

무슨 수를 써서라도 먹이겠다는 기세로 말하는 소옥을 보며 서윤은 쓴웃음을 지었다.

그러고는 할 수 없다는 듯 사발을 들어 단숨에 약을 들이켰다.

목구멍 깊숙한 곳에서부터 쓴맛이 강하게 올라왔다.

원래 몸에 좋은 약이 쓴 법이라지만 이 약은 먹을 때마다 쓴맛을 견디기가 어려웠다.

서윤이 잔뜩 인상을 찌푸리자 소옥이 얼른 당과를 내밀었다.

그것을 받아 재빨리 입에 넣은 서윤은 한동안 인상을 찌푸리고 있다가 살겠다는 듯 작게 한숨을 내쉬었다.

"다시 가야 되는 거지?"

"가야지."

우인의 물음에 서윤이 덤덤하게 대답했다. 그에 우인과

소옥은 걱정스러운 표정으로 서윤을 바라보았다.

"그런 표정 짓지들 말아. 안 죽어, 절대로."

"안다. 안 죽을 거. 죽을 걱정은 안 하는데 또 이렇게 다칠까 봐 걱정이다. 젊어서 몸 막 굴리면 늙어서 고생한다더라."

"그런 얘기는 또 어디서 들었냐?"

"동네 어른들이 다들 그러더라. 늙어서 골병든다고. 젊었을 때 몸 관리 잘하라고."

우인의 말에 서윤이 미소를 지었다. 역시나 우인과의 이런 대화는 언제나 즐거웠다.

아무런 근심 걱정 없이 즐겁게 대화할 수 있는 상대가 있다는 것. 이런 것이 얼마나 행복한 것인지 너무 오랫동안 잊고 살아온 서윤이다.

서윤은 행복함과 동시에 씁쓸함도 느꼈다.

이제는 그 행복과 너무 멀어진 삶을 살아가고 있기 때문이다.

언제 또다시 이런 행복과 마주할 수 있을 수 있을지도 기약이 없었다.

"돌아오긴 할 거지?"

"그럼. 와야지. 내 고향이니까, 여기는."

서윤의 말에 그제야 우인은 미소를 지었다.

"아, 맞다. 예전에 무림맹에 보내던 전서구, 아직 마을에 있지?"

"있을걸. 왜?"

"그럼 이것 좀 전서구 통해서 무림맹에 보내줘."

그렇게 말하며 서윤이 서찰 하나를 우인에게 건네주었다.

"그냥 보내기만 하면 돼?"

"응. 또 행방불명됐다고 찾고 난리가 났을 테니 소식은 전해줘야지."

"또? 전에도 그런 적이 있었어?"

우인이 놀라며 물었다. 그에 서윤이 머쓱하게 웃으며 말했다.

"몇 번 있었지."

"와, 너 지금 살아 있는 거 맞지? 귀신 아니지?"

"얌마."

우인의 말에 서윤이 어이가 없다는 듯 말했다. 그러자 우인이 웃으며 손사래를 쳤다.

"농담이다, 농담. 알았어. 내일 날 밝으면 보낼게. 근데 워낙 오랜만이라 전서구가 길이나 안 까먹었는지 모르겠다."

우인의 실없는 말에 서윤은 또 한 번 웃음을 터뜨릴 수밖에 없었다.

마음 편히 지내서 그런지 서윤의 회복 속도는 생각한 것보다 빨랐다.

나흘 정도가 더 지나자 거동이 가능할 정도로 회복되었다.

서윤이 보낸 서찰에 대한 답이 온 것도 그 즈음이었다.

무사하다는 소식 덕분인지 크게 걱정하는 기색은 없었다. 혹시나 도움이 필요하면 의협대를 보내주겠다는 서신에 서윤은 그럴 필요 없다는 답변을 보냈다.

몸이 완전히 회복되면 곧장 무림맹으로 복귀할 생각이기 때문에 굳이 그럴 것까지는 없다는 생각이었다.

걷는 데 불편함이 없어지자 서윤은 가장 먼저 의협대가 있던 곳을 찾았다.

임무를 맡아 이곳을 떠난 후 처음으로 찾는 곳이다.

오랜 시간 아무도 찾지 않았음에도 건물은 깨끗했다.

의협대가 떠난 이후로 마을 사람들이 틈날 때마다 들락날락거리며 잡초를 뽑고 청소를 해왔기 때문이다.

언젠가는 이곳에 다시 사람들이 돌아올 거라며 마치 자신의 집을 청소하듯 장원을 관리했다.

마을 사람들의 그런 손길이 곳곳에서 느껴지자 서윤은 고마움과 함께 짠한 마음이 들었다.

이곳에 모두가 무사히 돌아왔으면 좋았을 것을.

서윤을 비롯해 살아남은 의협대원들도, 그리고 세상을 떠난 의협대원들도 이곳으로 다시 돌아오지 못할 거라고는 꿈에도 생각지 못했다.

'아쉽고 안타깝구나.'

장원을 둘러보며 그렇게 생각한 서윤은 한참을 그렇게 서성이다가 고개를 숙인 채 가만히 서 있었다.

먼저 세상을 떠난 동료들에게 보내는 묵념이었다.

의협대 장원을 나선 서윤은 자신이 살던 집으로 발걸음을 옮겼다.

워낙 오랜 시간 집을 비웠기 때문에 흉가처럼 변해 있을 거란 상상을 하며 오랜만에 고향 집을 찾아간다는 설렘을 안고 집으로 향했다.

서윤의 예상과 달리 집은 생각보다 깔끔했다.

비록 잡초가 삐쭉빼쭉 올라와 있기는 했지만 흉가에 가깝거나 하지는 않았다.

서윤은 조심스럽게 문을 열고 안으로 들어갔다.

집 안도 제법 정리정돈이 잘 되어 있고 먼지도 많지 않았는데 사람의 손길이 닿은 것으로 보이는 흔적들이 있었다.

'우인이 녀석인가?'

서윤의 집을 아는 사람은 우인과 소옥밖에 없었다. 실제로 서윤이 임무 때문에 마을을 떠난 후 바쁜 와중에도 틈틈이 이곳을 찾아 청소를 해왔다.

자주는 하지 못해 의협대 장원만큼 관리가 잘되어 있지는 않았으나 그래도 우인과 소옥의 정성에 감사하는 마음이 컸다.

'나중에 돌아오면 거하게 술 한잔 사야겠네.'

그렇게 생각하며 서윤은 미소를 지었다.

                *   *   *

서윤이 집에 있던 그 시각.

우인의 가게가 있는 마을로 낯선 이가 한 명 들어왔다. 예전과 달리 지금 이 마을을 낯선 이가 찾는 일이 드문 일은 아니지만 그는 마을 사람들의 이목을 집중시키기에 충분했다.

굉장히 차가운 인상을 가진 자.

거기에 정돈되지 않은 머리카락과 날카로운 눈매는 보는 이로 하여금 얼른 시선을 피하게 만들었다.

마을로 들어선 이는 전대 마교주였다.

귀주성이 마도의 세력권인 만큼 마교 쪽에서는 빠르게 서윤의 행적을 찾을 수 있었고, 그것이 전대 마교주의 귀에까지 들어간 것이다.

서윤이 이 마을에 있다는 소식을 전해 들은 전대 마교주는 몸이 온전히 회복되기도 전에 이곳을 찾았다.

마을에 들어선 전대 마교주는 마치 예전에도 이 마을에 왔던 것처럼 곧장 우인의 가게 쪽으로 향했다.

점심때가 지난 지 좀 된 덕분에 우인은 한숨 돌리며 저녁 장사를 준비하고 있었다.

소옥 역시 계산대 앞에 앉아 지친 몸을 쉬고 있었다.

그리고 전대 마교주가 가게 안에 들어선 것이 바로 그때였다.

"어서 오세요!"

계산대에 앉아 있던 소옥이 가장 먼저 일어나 인사했다. 하지만 전대 마교주는 그녀를 쳐다보지도 않고 똑바로 가게 안으로 들어와 안을 두리번거렸다.

"아무 자리에나 앉으셔도 됩니다."

우인이 그에게 다가가 말했다. 그러자 전대 마교주가 우인을 쳐다보았고, 그와 가까운 거리에서 시선이 마주친 우인은 몸을 움직일 수가 없었다.

"어디 있나?"

전대 마교주의 한마디에 우인은 과거의 어느 날이 떠올랐다.

마영방의 부방주가 서윤을 찾아왔던 바로 그날.

물론 지금 우인이 받는 두려움의 크기는 그날과 비교도 할 수 없을 정도로 거대했다.

"어디 있느냐고 물었다."

"누, 누구를 찾으십니까?"

우인이 떨리는 목소리로 물었다. 그때와 마찬가지로 절대 서윤의 위치를 알려 줘서는 안 된다는 생각이 강하게 뇌리를 스쳤다.

"되지도 않는 거짓말을 하는군."

전대 마교주의 눈빛이 더욱 날카로워졌다. 그에 우인은 숨이 턱 막히는 고통을 느꼈다.

심상치 않게 흘러가는 분위기에 소옥은 몸을 부들부들 떨고 있었다. 어떻게든 밖으로 나가 이 사실을 누구에게든 알려야 한다는 생각을 했지만 발걸음이 떨어지지 않았다.

'옥아, 침착해야 돼. 한 걸음, 한 걸음이면 돼.'

그렇게 속으로 중얼거리며 소옥이 힘겹게 한 걸음을 뗐다.

그나마도 많이 뗀 것도 아니었다. 한 뼘도 안 되는 한 걸음을 내디뎠을 뿐이다.

우인을 쳐다보고 있던 전대 마교주의 시선이 소옥에게로 돌아갔다. 그 순간 우인은 초인적인 힘을 발휘했다.

"옥아, 도망가!"

그렇게 소리치며 우인은 전대 마교주를 향해 몸을 부딪쳤다.

픽! 쿠당탕!

하지만 우인의 예상과 달리 전대 마교주는 꿈쩍도 하지 않았다. 도리어 우인이 그의 몸에 부딪쳐 튕겨 나갔다.

전대 마교주는 그런 그에게 시선도 주지 않고 소옥을 향해 손을 뻗었다.

그러자 놀랍게도 소옥의 몸이 전대 마교주의 손에 딸려갔다.

"컥!"

전대 마교주가 소옥의 목을 움켜쥐고는 우인을 쳐다보았다. 북해의 얼음처럼 차가운 눈빛으로 우인을 응시하던 전대 마교주가 다시 입을 열었다.

"말해라. 이 아이가 죽는 걸 보고 싶지 않으면."

전대 마교주의 말에 우인은 이를 악물었다. 서윤이 있는 곳을 알려주어서는 안 된다는 생각이 강했지만 소옥의 목을 잡고 있는 전대 마교주의 팔에 힘이 들어가는 것이 보이자 흔들리고 있었다.

우인의 눈에 비친 소옥은 점차 사색이 되어가고 있었다.

고통에 잔뜩 찡그린 얼굴이 하얗게 변해가고 있고 조금씩 눈이 뒤집혀 가는 것 같았다.

"마, 마을 동쪽! 마을 동쪽에 있는 야산에 서윤의 집이 있습니다!"

결국 우인은 서윤의 집이 있는 곳을 실토하고 말았다.

해서는 안 될 짓을 했다는 죄책감과 소옥을 살려야 한다는 간절함이 우인의 마음속에서 강하게 충돌했고, 우인은 고개를 숙인 채 눈물을 흘렸다.

"그렇군."

우둑!

무언가가 부러지는 소리에 우인은 재빨리 고개를 들었다.

"으아아아아아아!"

축 늘어진 채 전대 마교주의 손에 매달려 있는 소옥을 본 우인이 울부짖었다.

동생을 살리기 위해 친구를 팔았으나 결국 동생도 죽고 친구도 죽음으로 몰아넣은 꼴이 되고 말았다.

우인의 이성은 더 이상 남아 있지 않았다.

그 자리에서 일어선 우인은 시뻘겋게 충혈된 눈으로 울부짖으며 전대 마교주에게 달려들었다.

하지만 우인이 달려든다고 해서 꿈쩍할 전대 마교주가 아니었다.

"컥!"

전대 마교주는 달려드는 우인의 목을 정확히 움켜쥐었다. 우인은 조여 오는 목을 잡는 것이 아닌 빨갛게 달아오르는 얼굴로 전대 마교주를 노려보며 앞으로 나아가기 위해 발버둥 쳤다.

"곧 이 아이 곁으로 보내주마."

우둑!

전대 마교주가 손에 힘을 주었고, 우인의 목뼈가 그대로 바스러졌다.

우인 역시 눈을 한 번 부릅떴다가 그대로 축 늘어지고 말았다.

전대 마교주는 양손에 잡고 있는 남매를 그대로 놓았다.

싸늘하게 식은 우인과 소옥의 시신은 바닥에 그대로 널브러지고 말았다.

전대 마교주는 이곳에서의 볼일이 모두 끝났다는 듯 가게 밖으로 나갔다.

가게 밖에는 우인의 울부짖음을 들은 마을 사람들이 모여 있었다.

안에서 무슨 일이 벌어졌는지 잘 모르는 마을 사람들은 그저 불안한 기색을 한 채 안쪽을 힐끗거리고 있었다.

잠시 마을 사람들을 바라보던 전대 마교주가 동쪽을 슬쩍 쳐다보았다.

그러고는 다시금 마을 사람들을 쳐다보더니 씨익 미소를
지었다.

그 미소에 마을 사람들은 극한의 공포를 느껴야만 했다.

*   *   *

잠시 집을 둘러본 서윤은 산을 내려갔다.

몸도 많이 회복되었겠다 오랜만에 우인과 술 한잔할 생각
으로 기분 좋게 발걸음을 옮겼다.

하지만 점차 마을이 가까워질수록 서윤은 알 수 없는 불
안감에 휩싸였다.

그 때문에 마을로 향하는 서윤의 발걸음도 점차 빨라지
고 있었다.

잠시 잊고 있었지만 이곳 귀주성은 마도의 세력권이라는
걸 깨닫는 순간 서윤은 어느새 경공을 펼쳐 빠르게 쏘아져
나가고 있었다.

마을에 도착한 서윤은 오면서 느낀 불길함의 실체를 두
눈으로 확인할 수 있었다.

마을 입구에 우뚝 멈춰 선 서윤은 자신도 모르게 떨리는
몸을 주체할 수가 없었다.

분노 때문에, 그리고 슬픔 때문에.

전신을 스쳐 가는 엄청난 충격에 어찌할 바를 모르고 있었다.

잠시 그렇게 서 있던 서윤이 천천히 발걸음을 옮겼다.

점차 가까워지는 시체들.

모두가 서윤을 보며 밝게 웃어주던 가족 같은 사람들이다.

그런 그들이 싸늘한 주검이 되어 있는 것이다.

서윤은 어렸을 때 본 그날의 광경을 떠올렸다.

비록 그날처럼 마을이 불에 타고 여자들이 겁간을 당하는 일은 없다 하나 서윤의 눈에 지금 이 광경은 그날의 충격만큼이나 강렬했다.

서윤이 발걸음을 멈추었다.

그리고 가늘게 떨리던 그의 몸이 더욱 크게 떨렸다.

우인의 가게 앞에 보이는 시신.

조금 전까지 저녁에 술 한잔해야겠다고 생각하던, 이 마을로 다시 돌아와 혼자인 자신에게 기꺼이 마음을 열어준 소중한 벗이 싸늘한 주검이 되어 있었다.

"내 동생, 니가 데려갈래?"

"잘 생각해 봐. 내 동생만 한 여자 없다는 건 내가 보증하지."

서윤의 귓가에 소옥과 짝을 지어주려던 우인의 목소리가 또렷하게 들렸다.

그렇게나 자신을 소중하게 생각하던 친구였는데.

우인의 주검 옆에 있는 소옥의 주검을 본 순간 서윤은 더 이상 감정을 참을 수가 없었다.

"으아아아아아아!"

서윤은 그 자리에 무릎을 꿇고 앉으며 울부짖었다.

그의 눈에서는 쉴 새 없이 눈물이 흘러내렸고, 내지르는 소리는 멈출 줄을 몰랐다.

그렇게 울부짖던 서윤이 기어서 두 사람에게 다가갔다.

"우인아… 옥아… 눈 좀 떠봐! 왜 이러고 있어? 왜에!!"

서윤은 차마 두 사람의 시신을 만지지도 못하고 어쩔 줄 몰라 하며 울부짖었다.

옆에서 이렇게나 시끄럽게 울부짖는데도 우인과 소옥은 전혀 반응이 없었다.

그것이 서윤은 더욱 가슴 아팠다.

금방이라도 눈을 뜨며 괜찮다고, 울지 말라고 할 것만 같은데.

실없는 농담을 던지며 웃을 것만 같은데.

그런 오라버니가 부끄럽다며 한숨을 푹푹 내쉴 것만 같은데.

두 사람은 아무런 미동도 없었다.

서윤은 고개를 숙였다.

바닥으로 닭똥 같은 눈물이 떨어졌다.

도대체 자신이 지금까지 강호에 몸담으며 무슨 이유로 강해지기 위해 애썼단 말인가.

소중한 이들을 지키기 위해, 오직 그 이유 하나 때문이었다.

그런데 이렇게 소중한 사람들을 또다시 잃고 말았다.

서윤이 고개를 들었다.

얼마나 많은 눈물을 흘렸는지 제대로 뜨지 못할 정도로 눈이 퉁퉁 부어 있었다.

그런 서윤의 시선이 어느 한곳에 닿았다.

자신을 물끄러미 바라보며 미동도 하지 않고 서 있는 자, 그자를 보자 서윤은 분노가 폭발하고 말았다.

자신에게 소중한 사람의 목숨을 앗아간 자.

전대 마교주가 그 자리에 서 있었다.

서윤은 빠르게 진기를 끌어 올렸다.

아직 몸 상태가 완벽하지 않아 조금씩 통증이 밀려왔지만 전혀 개의치 않고 있는 대로 진기를 끌어 올렸다.

서윤이 빛과 같은 속도로 쏘아져 나갔다.

어느덧 서윤의 주먹에는 묵직한 강기가 덧씌워져 있었다.

서윤이 달려들자 전대 마교주는 검을 뽑아 들었다. 그리고 순식간에 붉은 기운을 검에 씌웠다.

콰앙!

주먹과 검의 충돌이 일어났다.

그 충격에 마치 지진이라도 일어난 듯 주변의 건물들이 심하게 요동쳤다.

가판에 놓여 있던 물건들은 날아가고 떨어졌으며 힘겹게 매달려 있던 창문들은 버티지 못하고 떨어져 나갔다.

하지만 서윤은 멈추지 않고 마치 야수처럼 전대 마교주를 향해 달려들었다.

콰쾅! 쾅! 쾅!

연이어 전대 마교주와 충돌을 일으켰다.

전대 마교주의 검에 씌워져 있던 붉은 기운이 서윤의 주먹을 집어삼키려 했으나 그 어느 때보다 성난 서윤의 기운을 이겨내지 못하고 튕겨졌다.

그럼에도 전대 마교주는 당황하지 않았다.

오히려 냉정한 눈빛으로 서윤을 응시하며 그의 공격에 맞서갔다.

반면 서윤은 감정을 주체하지 못하고 있었다.

쾅! 쾅! 쾅!

서윤이 연이어 주먹을 전대 마교주의 검을 향해 찔렀다.

묵직한 망치로 두들기는 것 같은 충격이 전해졌지만 전대 마교주는 검을 놓치지 않았다.

오히려 기묘하게 검을 뻗으며 서윤을 공격해 나갔다.

쾅!

다시 한 번 충돌이 일어났고, 그 여파는 지금까지와는 달랐다.

서윤도, 전대 마교주도 뒤쪽으로 튕겨 나갔다.

와르르!

가까운 곳에 있던 건물 몇 채가 무너지고 말았다. 그것을 본 서윤은 더욱 화가 났다.

"쿨럭!"

서윤이 피를 토했다.

아직 몸이 성치 않은 상황에서 무리하게 진기를 운용하다가 내상이 번진 것이다.

게다가 전대 마교주의 위력적인 공격을 피하거나 흘리지 않고 정면으로 부딪치지 않았는가.

피를 한 사발 쏟은 서윤은 다시 벌떡 일어났다.

몸 곳곳에서 무리라고, 쉬어야 한다고 울부짖고 있었으나 서윤은 그 신호를 무시했다.

자신의 몸이 어떻게 된다 해도 상관없었다.

지금 이 순간 눈앞에 있는 전대 마교주를 죽이지 않고서는 도저히 살아 숨을 쉴 수 없을 것 같았다.

"으아아아!"

서윤이 울부짖으며 다시금 주먹을 뻗었다.

통증이 상당할 텐데도 위력적인 공격을 펼쳐내는 서윤이
다.

쿠아아아아아아!

광풍난무의 초식을 타고 거대한 강기가 뻗어 나갔다.

앞을 가로막는 것은 모두 삼켜 버리겠다는 듯 맹렬한 기
세를 뿜어내며 포효하고 있었다.

그에 맞서 전대 마교주 역시 적혈망을 펼쳐냈다.

솨아아!

허공에 뿌려지는 붉은 강기의 그물.

적혈망을 펼치는 전대 마교주의 입가에서도 핏물이 흘러
내렸다.

서윤은 적혈망을 보며 쏘아 보낸 강기의 뒤에 바싹 붙었
다.

"합!"

콰콰쾅!

그리고 강기가 적혈망과 충돌하는 순간 짧은 기합과 함
께 강기가 덧씌워진 주먹을 미친 듯이 앞으로 뻗었다.

콰콰콰콰콰콰!

서윤의 강기와 주먹이 적혈망을 쉴 새 없이 두들겼다.

그 어떤 강한 방벽이라도 모두 부숴 버리겠다는 듯 그 기세가 대단했다.

천지가 요동치는 것 같은 충격이 사방으로 뻗어갔다.

그 중심에 있는 서윤은 더 이상 몸이 버티기 힘든 상황임에도 주먹을 멈추지 않았다.

그나마 다행스러운 점은 서윤의 그런 감정에 맞춰 상단전, 중단전, 하단전에서 끊임없이 진기가 샘솟고 있다는 것이다.

하지만 그럴수록 서윤의 내상은 점점 더 심해져 가고 있었다.

"하압!"

서윤이 다시 한 번 기합을 질렀다.

그러자 입안에 고여 있던 핏물이 사방으로 튀었다.

굽힐 수 없는 의지가 고스란히 담겼기 때문일까.

쉬지 않고 펼쳐내는 서윤의 공격에 적혈망이 깨져가고 있었다.

전대 마교주는 인상을 찌푸렸다.

적혈망은 펼쳐놓고 끝인 무공이 아니었다.

펼쳐놓은 상황에서도 끊임없이 진기를 쏟아내야 하고 정신을 집중해야 했다.

그런 적혈망이 서윤의 공격에 깨져가자 그 타격은 고스란히 전대 마교주에게 전달되었다.

쩌저적!

금 가는 소리가 들리기 시작했다.

그에 서윤은 더욱 진기를 끌어 올려 일격을 뻗어냈다.

크오오오옹!

난마광풍의 초식이 펼쳐졌다.

모든 것을 쥐어짜듯 펼쳐낸 초식에서 또 한 번 태산도 무너뜨릴 것만 같은 거대한 기운의 강기가 쏟아져 나갔다.

금이 가기 시작한 적혈망이 서윤의 강기를 이겨낼 수는 없었다.

쩌저적! 쩌정!

마치 유리 조각이 흩뿌려지듯 붉은 강기가 산산조각이 나며 사방으로 흩어졌다.

"푸우우!"

그와 동시에 전대 마교주가 목구멍을 타고 넘어온 피를 분수처럼 쏟아냈다.

서윤과 전대 마교주 모두 의식을 잃어가고 있었다.

하지만 그 순간까지도 정신을 붙들기 위해 안간힘을 쓰는 사람은 서윤이었다.

몸은 힘들어 쓰러지기 직전이었으나 서윤의 정신력은 더

욱 강해지고 있었다.

쏘아 보낸 강기는 아직도 그 위력을 고스란히 유지하고 있었고, 그와 이어진 서윤의 정신도 조금 가늘어지긴 했으나 힘겹게 그 끈을 끊지 않고 있었다.

전대 마교주가 힘겹게 몸을 피해내려 했다.

내상 때문에 속도가 많이 죽기는 했으나 가까스로 그 범위에서 벗어날 수 있었다.

공격이 빗나가자 전대 마교주는 서윤을 바라보았다.

무위로 돌아간 공격.

서윤도 모든 힘을 쥐어 짜낸 공격일 것이다. 그렇다면 절대적으로 유리한 것은 자신이라 생각했다.

하지만 서윤의 정신력이 한 수 위였다.

스스로 이겼다고 생각한 순간 전대 마교주의 뒤쪽에서 거대한 기운이 느껴지기 시작했다.

빗나가 흩어졌을 거라 생각한 강기는 여전히 유지되고 있었고, 그것도 모자라 방향을 틀어 자신을 향해 똑바로 날아들고 있었다.

전대 마교주는 식겁했다.

쏘아 보낸 강기가 방향을 틀다니.

그 순간 전대 마교주는 서윤이 마치 이기어검(以氣御劍)처럼 강기를 조종하고 있다는 걸 깨달았다.

'이기어강(以氣御罡)이라니.'

전대 마교주는 그 강기를 피할 수 없다는 걸 직감했다.

피하고 싶었으나 피할 수가 없었다. 조금 전 강기를 피할 때 남아 있던 한 줌의 진기까지 모두 써버린 까닭이다.

전대 마교주는 눈을 감았다.

그리고 그 직후, 서윤의 강기가 전대 마교주의 전신을 휩쓸었다.

콰콰콰쾅!

엄청난 충격이 지축을 뒤흔들었다.

그리고 서윤은 그 충격파를 고스란히 받을 수밖에 없었다.

이대로 죽는구나 하는 생각에 서윤도 눈을 감았다.

설시연의 모습이 잠시 스쳐 가기는 했으나 이제는 쉬고 싶다는 생각이 들었다.

"가가!"

설시연의 목소리가 들렸다.

서윤의 얼굴에 미소가 번졌다. 죽기 직전이라 환청이 들리는 것 같았다.

'잘 있어요.'

서윤이 속으로 중얼거렸다.

"정신 차려요, 가가!"

다시 한 번 설시연의 목소리가 들렸다. 조금 전보다 더 또렷한 목소리에 서윤은 눈을 떴다.

서윤의 눈앞에 낯익은 뒷모습이 보였다.

바로 설시연이었다.

설시연은 서윤의 앞에서 그에게 쏟아지는 충격파를 검을 휘두르며 막아내고 있었다.

'누이?'

서윤은 입 밖으로 소리를 내고 싶었지만 목소리를 낼 힘도 없었다.

서윤은 다시 눈을 감았다.

의식을 잃어가는 그의 입가에는 미소가 번져 있었다.

서윤이 의식을 잃는 순간 설시연은 이를 악물고 검초를 펼쳐내고 있었다.

설시연이 펼치는 여의제룡검의 기운이 쏟아지는 충격파를 상쇄하고 있었다.

거기에 집중하다 보니 설시연은 서윤이 의식을 잃는 것도 알지 못했다.

충격파를 모두 막아낸 설시연은 그제야 서윤을 돌아보았고, 눈을 감은 채 미동도 하지 않고 있는 그를 보며 화들짝 놀라 다가갔다.

"가가! 가가!"

설시연이 서윤을 흔들며 맥을 잡아보았다.

집중하지 않으면 느끼기 어려울 정도로 맥이 약했다. 얼른 손을 쓰지 않으면 목숨을 잃을지도 몰랐다.

"설 소저, 적들이 몰려옵니다."

그때, 어디선가 나타나 빠르게 다가온 천보가 다급한 목소리로 말했다.

그리고 그의 뒤쪽으로 의협대 전원이 모습을 드러냈다.

이곳에 있다는 서윤의 서찰을 받은 그들은 필요하면 지원을 보내겠다는 서찰을 보낼 때 이미 이곳으로 출발한 상태였다.

서윤의 성격상 오지 않아도 된다는 답을 할 것이 뻔했지만, 의협대원들은 서윤 걱정에 누가 먼저라고 할 것도 없이 채비를 하여 이곳으로 출발한 것이다.

게다가 이곳으로 오는 도중 개방을 통해 이 마을로 전대 마교주가 향하고 있으며 마교 쪽 병력이 은밀하게 움직이고 있다는 소식을 접한 탓에 속도를 더욱 높였다.

그 덕분에 결정적인 순간 서윤의 목숨을 구할 수 있었던 것이다.

"맥이 약해요. 서둘러야 해요."

"제가 업겠습니다!"

위지강이 나서서 서윤을 들쳐 업었다. 그러자 천보가 다른 대원들을 바라보며 말했다.

"포위당하기 전에 빨리 이곳을 벗어나야 합니다."

"예!"

대원들이 대답하자 설시연은 우인과 소옥의 시신이 있는 쪽을 바라보았다.

마을 사람들 시신 대부분이 서윤과 전대 마교주가 펼친 싸움의 여파로 많이 훼손되었으나 두 사람의 시신은 상대적으로 멀리 있어 거의 그대로의 상태를 유지하고 있었다.

서윤을 생각하면 그들의 시신을 수습하는 것이 옳은 일이나 지금은 시간이 너무 촉박했다.

'미안해요. 일단 지금은 가가를 살려야 해요. 이해해 주세요.'

설시연도 울컥했다. 두 사람이 서윤에게 어떤 존재인지 잘 알고 있기에 마음이 너무 아팠다.

의협대원들도 마음이 아프기는 마찬가지였다.

이곳에 있던 시간은 짧았으나 이 마을 사람들 모두가 친절하고 잘해주었기 때문이다.

언제고 다시금 이곳에 돌아와 생활했으면 좋겠다는 생각을 했는데 그런 곳이 이런 참사를 맞게 된 것이다.

"어서 가요."

설시연의 말에 위지강이 먼저 달렸고, 다른 대원들은 주변을 경계하며 빠르게 그를 따라붙었다.

서윤의 추억이 고스란히 남아 있는 이 마을에 죽음의 그
림자만이 짙게 드리워져 있었다.

7장
양위(梁偉)

風神 徐閠

풍신서윤

위지강은 앞만 보고 달렸다.

처음에는 서윤이 숨 쉬는 소리가 작게나마 들렸는데 지금은 중간중간 신경 쓰지 않으면 들리지 않을 정도로 호흡이 가늘었다.

"뒤쪽에 빠르게 따라붙는 자들이 있습니다!"

후미 쪽에 있던 영호광이 앞쪽을 향해 소리쳤다. 그러자 대원들의 마음이 조급해졌다.

뒤에서 쫓아오는 자들은 적이 분명했다.

게다가 해가 점차 떨어져 노을이 진 상황.

이후부터는 빠르게 어둠이 찾아올 터였다. 그렇게 되면 불리한 것은 의협대였다.

"호남성까지 들어가는 게 중요합니다! 속도를 높이십시오!"

천보의 말에 위지강은 이를 악물었다.

지금까지 홀로 서윤을 업고 이렇게까지 달려온 것만 해도 대단한 일인데 속도를 더 높이라니 죽을 맛이었다.

하지만 그럼에도 위지강은 불평 하나 없이 이를 악물고 속도를 높였다.

숨이 턱밑까지 차올랐지만 참고 또 참았다.

지금까지 서윤이 자신들의 목숨을 구해준 것이 몇 번이던 가.

그것에 비하면 지금 이 정도 힘듦은 아무것도 아니었다.

서윤은 이보다 훨씬 더 힘든 상황에서도 자신보다 동료들을 위하여 목숨을 건 사람이었다.

서윤을 업고 있는 위지강의 옆에 붙어서 달리던 설시연은 후미로 처졌다.

혹시라도 뒤쪽에서 쫓아오는 적들에게 따라잡힐 경우 그들을 지연시키고 떨어뜨릴 사람이 필요했다.

서윤의 상태가 걱정되긴 했지만 일단 호남성까지 넘어가 기만 하면 한시름 놓을 수 있었다.

언제든 검을 뽑을 수 있도록 준비하며 달리는 설시연의 눈이 날카롭게 벼른 검처럼 빛나기 시작했다.

"합!"

쐐에에에엑!

짧은 기합성과 함께 설시연의 검이 날카로운 선 하나를 그었다. 그 선 끝에 있던 적 한 명이 목을 꿰뚫린 채 끄르르 하는 소리를 내며 쓰러졌다.

갑자기 튀어나온 적 한 명을 침착하게 쓰러뜨린 설시연은 빠르게 대원들을 따라붙었다.

날은 완전히 어두워진 상황이었다. 안력을 돋우어 앞을 보면 어느 정도 시야가 확보된다지만 어려움이 없을 수가 없었다.

지친 위지강을 대신해 서윤을 업고 달리는 사람은 영호광이었다.

대원들은 그 주변에서 달리며 간간이 달려드는 적들을 쳐내고 있었다. 설시연 역시 전방과 후방을 부지런히 오가며 검을 뿌렸다.

그나마 다행이라면 적들의 실력이 그리 높지는 않다는 것이었다.

지친 서윤이라면, 그리고 의협대 정도라면 이 정도로 충분하다고 생각한 것인지 모르겠지만 명령을 받고 움직인 정예가 아닌, 이곳 지역을 담당하는 마도인들의 독단적인 행동이 아닐까 하는 생각이 들 정도였다.

[적들의 공세가 강하지 않을 때 멀리 달아나야 해요.]

[지금의 속도가 한계입니다. 특히나 위지강은 탈진 직전이에요.]

천보의 전음에 설시연이 위지강 쪽을 바라보았다. 서윤은 내려놓았지만 그간 워낙 힘을 뺀 탓에 달리는 것만으로도 많이 힘들어 보였다.

하지만 이대로 그냥 멈춰 설 수가 없기에 남은 힘을 모두 짜내고 있었다.

'차라리 뒤쪽에서 단체로 달려들던가.'

이렇게 되니 마치 살수들처럼 사방에서 수시로 찔러보는 적들의 공격 형태가 짜증 날 수밖에 없었다.

차라리 후방에서 뒤쫓는 무리만 있다면 어떻게든 막아내고 시간을 벌 수 있을 텐데 그럴 수도 없었다. 호남성까지 가는 동안 계속해서 이런 식이라면 대원 모두가 금방 지치고 말 것이 분명했다.

하지만 지금은 그저 계속해서 주변을 경계하고 갑자기 튀어나와 공격하는 적들을 막아내는 것 외에는 뾰족한 방법이 있는 것도 아니었다.

'만약 가가가 잘못된다면 너희들 다 각오해야 할 거야.'

설시연의 두 눈에서 살벌한 안광이 번뜩였다.

"동이 터옵니다!"

앞쪽에서 점차 밝은 빛이 떠오르기 시작하자 가장 먼저 소리친 것은 위지강이었다. 아직 적들을 완전히 따돌린 것은 아니지만 어두울 때보다는 훨씬 수월할 수 있었다. 대원들 역시 날이 밝아질수록 자신감에 찬 모습을 보이고 있었다.

한참을 달리던 대원들은 더 이상은 안 되겠다는 위지강의 말에 멈춰 섰다. 그리고 혹시 몰라 돌아가며 휴식을 취하며 주변 경계를 했다.

"여기가 대충 어디쯤일까요?"

"호남성에 도착하려면 지금 온 것만큼은 더 가야 할 겁니다."

설시연의 물음에 서윤을 조심스럽게 내려놓은 영호광이 말했다. 중간부터 위지강 대신 서윤을 업고 달린 탓에 그역시도 땀으로 흠뻑 젖어 있었다.

설시연은 눕혀놓은 서윤의 상태부터 확인했다.

호흡이나 맥이 처음보다는 좀 나아졌다지만 여전히 안색

이 창백한 것이 위험해 보였다.

그나마 다행인 것은 풍령신공이 자가 치유를 하고 있다는 점이었다.

만약 그것이 아니었다면 서윤은 진작 하늘에서 신도장천과 회포를 풀고 있을지도 몰랐다.

'이 싸움이 끝나면 집 밖으로 못 나다니게 붙잡아둬야겠어.'

설시연이 조금은 안심이 되는 듯 서윤을 얼굴을 바라보며 속으로 중얼거렸다.

휴식을 위해 멈춰 서자마자 위지강은 곧장 운기에 들어갔다. 소모한 진기를 다시 채우는 데에는 운기만 한 것이 없었다.

운기를 할수록 위지강의 표정은 점차 편안해져 갔다.

탈진 직전까지 가 하얗게 질려 있던 그의 얼굴도 원래의 혈색을 되찾아가고 있었다.

그것을 본 영호광 역시 누워 있는 서윤의 곁에서 그대로 가부좌를 틀었다.

두 사람뿐만 아니라 경계를 서지 않는 대원들은 짧게나마 운기를 하며 체력을 회복하고 있었다.

그들을 바라보던 설시연이 슬쩍 서윤을 쳐다보았다.

"다들 이렇게 고생하는 줄도 모르고 잘 자네."

그렇게 중얼거린 설시연이 자리에서 일어났다. 한 명이라도 더 쉬게 하기 위해 자신이 직접 경계를 서려는 것이다.

설시연 덕분에 몇몇 대원들이 더 휴식을 취할 수 있었고, 대원들은 적진 한가운데에서 빠르게 체력을 회복해 가고 있었다.

반 시진 정도가 지나자 몇몇 대원을 제외한 나머지는 모두 운기를 끝냈다. 운기를 끝낸 그들은 한결 개운해진 표정이었다.

"설 소저도 짧게나마 운기를 좀 하시지요."

"전 괜찮아요."

설시연이 주변을 둘러보며 말했다.

"마교주의 말은 믿을 게 못 되는군요. 이렇게 적들이 달려드는 것을 보면."

천보의 말에 설시연이 고개를 저었다.

"마교주가 작정하고 우리를 치라고 했다면 더 강한 자들이 왔을 거예요. 이들 실력으로 보면 근방에 있는 마도인들이 독단으로 움직인 것일 가능성이 더 커요. 만약 그렇다면 호남성에 도착할 때까지 이 정도의 공격이 이어지겠죠."

설시연의 대답에 천보도 가만히 생각을 해보더니 고개를 끄덕였다.

"그럼 당분간은 조심하면서 움직여도 되겠군요."

"그건 또 모르는 일이죠. 말 그대로 마교주의 말을 어디까지 믿을 수 있는지도 모르고요. 이제 출발하죠. 나아지고는 있다지만 한시가 급해요."

설시연의 말에 천보가 고개를 끄덕였다. 두 사람을 바라보고 있던 위지강은 시키지 않았는데도 눕혀놓은 서윤을 동료들의 도움을 받아 들쳐 업었다.

"출발하겠습니다!"

천보의 말에 의협대원들이 서윤을 업고 달리는 위지강을 중심으로 주변을 경계하며 다시 호남성을 향해 달리기 시작했다.

*　　　*　　　*

"죽었다고?"

"예. 시신 확인했습니다."

"흠……."

마교주의 반응에 여인은 속으로 의외라는 생각을 했다. 전대 마교주의 죽음은 마교주에게 있어서 앓던 이가 빠진 것과 같은 일이다.

그럼 후련해할 줄 알았는데 전혀 그런 것 같지 않은 표정이다.

"불편하십니까?"

"아니. 불편할 리가."

여인의 조심스러운 물음에 마교주가 고개를 저었다.

"시신의 상태는?"

"훼손되기는 했으나 정도가 심하지는 않다고 합니다."

"음귀곡주가 죽은 것이 아쉽군. 좋은 재료였을 텐데."

아쉬운 듯 말하는 마교주였으나 표정에는 어딘지 모르게 다행이라는 기색이 보이는 것 같았다.

"서윤은?"

"아직 숨이 붙어 있다고 합니다. 의협대인지 뭔지 하는 자들이 나타나 데리고 호남성 쪽으로 향하고 있다는군요."

"살아 있어? 허! 목숨 한번 끈질기군. 이러다가 정말 나랑 붙겠어."

"숨이 붙어 있긴 하지만 위중한 상태인 것으로 파악됐습니다. 이번에 죽을지도 모르지요."

여인의 대답에 마교주가 고개를 저었다.

"모르긴 몰라도 그자는 다시 일어설 게야. 다만 그 마을이 그렇게 초토화된 것 때문에 정신적으로 타격은 좀 크겠지만. 게다가 무림맹에는 아직 의선이 있어."

"호남성에 들어간다고 끝이 아닙니다. 무림맹이 있는 형산까지는 제법 먼 거리이니⋯⋯."

"제갈공이 그냥 뒀을 리가 없지. 귀주성 경계까지 의선을 보냈을 가능성이 높다. 그 말은 살아날 가능성도 높다는 뜻이지."

그렇게 말한 마교주가 무언가 생각났다는 듯 여인을 보며 물었다.

"괜히 데려가는 그자들에게 해코지하는 일은 없겠지?"

"없습니다."

여인은 거짓을 고했다. 이미 그쪽에 있던 마도인들이 공격한 것을 알고 있었으나 일부러 말하지 않았다.

"그래, 내가 무림맹까지 가서 내뱉은 말이 있는데 어기면 안 되지. 그들이 귀주성을 벗어날 때까지 절대 공격 같은 건 있어선 안 된다."

"알겠습니다."

여인이 고개를 숙였다.

"그리고 이제 곧 날도 선선해지는데 슬슬 움직일 준비를 해야겠지? 정예들 다 준비시켜. 끝장을 본다."

"그렇게 하겠습니다."

마교주의 명령에 여인이 다시 한 번 고개를 숙이며 대답했다.

명령을 내린 마교주가 하늘을 올려다보았다.

떠오른 태양이 대지를 환하게 비추고 있다. 한 손을 들어 눈가에 그늘을 만든 마교주가 나직이 중얼거렸다.

"머지않았다."

*   *   *

설시연의 예측대로 마도인들의 공격은 지금까지와 비슷한 수준으로 이어졌다.

덕분에 대원들은 지난밤보다 훨씬 수월하게 앞으로 나아갈 수 있었다.

서윤을 업고 있는 위지강 역시 밤에 움직일 때보다는 힘을 덜 들인 채 나아가고 있었다.

[이제 곧 강구현입니다. 강구현을 지나 동인현만 통과하면 곧 경계입니다.]

[거의 다 왔군요.]

천보의 전음에 설시연이 위지강의 등에 업혀 있는 서윤을 바라보았다.

아직까지 잘 버텨주고 있는 서윤에게 고마운 마음도 들었고 다행이라는 생각도 들었다.

하지만 아직 두 개 현이 남아 있는 상황.

아직 적의 세력권을 벗어난 것이 아니기에 그사이에도 무슨 일이든 벌어질 수 있었다.

완전히 귀주성을 벗어나 호남성에 들어가기 전까지 방심은 금물이었다.

"모두 힘을 내십시오! 호남성이 머지않았습니다!"

천보가 대원들을 독려했다. 그러는 사이 또다시 빠르게 접근하는 적들의 기척이 느껴졌다.

그에 천보의 말에 대답도 하지 못한 채 대원들은 전투태세를 갖추었다.

위지강은 다시 한 번 서윤을 단단히 업고는 두 다리에 힘을 더했다.

"계속 달리면서 우측만 신경 쓰세요. 좌측은 제가 정리하겠습니다."

그렇게 말한 설시연이 대열에서 이탈했다. 누가 말릴 틈도 없었다. 그저 사라지는 그녀의 모습을 보고만 있을 뿐이었다.

설시연이 대열에서 이탈한 것은 다른 이유가 아니었다.

적들 사이에 더욱 강한 기운이 은밀하게 숨어 있었기 때문이다.

대원들이 모여 있는 곳에서 상대하는 것보다는 도착하기

전에 미리 손을 쓰는 편이 낫겠다는 생각으로 따로 떨어져 나온 것이다.

따로 떨어져 나온 설시연은 맹렬하게 검을 휘둘렀다.

의협대를 향해 다가가던 적들은 갑자기 나타난 설시연 때문에 발이 묶이고 말았다.

쐐에에엑!

눈에 보이는 족족 설시연의 검이 적들을 꿰뚫고 지나갔다.

낯선 지형에서도 설시연은 종횡무진 적들 사이를 헤집고 다녔다.

어느 순간, 그녀가 느꼈던 강한 기운이 빠르게 다가오는 것을 느꼈다.

쾅!

묵직한 기운이 날아오는 것을 느낀 설시연은 본능적으로 몸을 틀며 검을 휘둘렀고 그녀의 검과 충돌한 기운은 급격히 방향이 꺾이며 다른 곳으로 튕겨 나갔다.

'활?'

자세히 보지는 못했지만 분명 날아온 것은 사람도 아니고 암기도 아니었다. 강궁으로 짐작되는 화살이 분명했다.

설시연이 인상을 찌푸렸다. 아직도 화살을 쳐낸 여파로 손이 저릿저릿했다.

활은 상대해 보지 못한 무기였다. 게다가 화살을 쏘는 사람도 보이지 않는 상황. 모든 것이 그녀에게 불리했다.

'당할 수는 없지.'

설시연은 기감을 펼쳐 상대의 기운을 찾으려 했다.

하지만 상대는 그럴 틈을 줄 생각이 없는 모양이었다. 이내 빠르고 강한 기운을 머금은 화살이 다시금 쏘아졌다.

눈 깜짝할 사이에 다가온 화살에 화들짝 놀란 설시연이 재빨리 검으로 화살을 쳐냈다.

직전에 날아온 화살보다 위력은 약했지만 충분히 위협적이었다.

설시연이 화살이 날아온 방향을 날카로운 눈빛으로 쏘아보았다.

날아오는 화살을 멈추기 위해서는 쏘는 사람을 제압해야만 했다.

쐐에엑!

다시 화살이 날아왔다.

설시연은 피하지 않고 화살을 향해 달려들며 검을 휘둘렀다.

이미 충분히 대비가 되어 있었기 때문에 화살을 쳐내고 나아가는데 무리가 없었다.

하지만 이번 공격은 달랐다.

화살을 한 대 쳐내자 바로 뒤에 또 다른 화살이 바짝 붙어 날아오고 있었다.

검을 휘두른 설시연은 허공에서 몸을 비틀었다.

찌이익!

뒤따라 날아온 화살이 그녀의 옷자락을 찢고 날아갔다. 사뿐히 바닥에 착지한 설시연은 그 힘을 이용해 다시금 앞으로 쏘아져 나갔다.

쐐에엑!

또다시 강하고 빠른 화살이 날아들었다. 그에 설시연은 연이어 검을 휘둘렀다.

찌엉! 쩌정!

연이어 세 대의 화살을 쳐낸 설시연은 앞으로 나아가는 것을 멈추지 않았다.

그런 설시연을 견제하려는 듯 화살은 쉬지 않고 날아왔고 설시연은 차분하게 화살을 쳐내며 앞으로 나아갔다.

처음 서 있던 자리에서 약 이십 장 정도를 나아간 설시연이었다.

이 정도 다가왔으면 상대가 보여야 정상이라고 생각했지만 적의 모습은 찾아볼 수가 없었다.

아무리 화살의 사정거리가 길다고는 하지만 이렇게 멀 것이라고는 생각지 못했다.

설시연은 주변을 두리번거렸다.

화살은 날아오지 않았고 적의 기척은 찾을 수가 없었다.

그때였다. 설시연이 서 있던 자리에서 재빨리 뒤로 두 걸음 물러섰다.

팍! 티이이잉!

위에서 수직으로 내리꽂히는 화살 한 대.

그 힘이 얼마나 강했는지 땅에 박히고 나서도 한참 동안 흔들렸다.

설시연은 간담이 서늘했다.

피하는 것이 조금만 늦었어도 그녀의 정수리를 관통해 몸을 반쪽으로 쪼개 놓았을 것이다.

설시연이 고개를 들어 위를 보았다.

높은 나무 위에 앉아 있는 백발이 성성한 누군가가 보였다.

"아깝구나. 흘흘."

그렇게 말하며 웃음을 흘린 자가 나무에서 훌쩍 뛰어 내렸다.

가뿐하게 착지하는 그를 본 설시연은 내심 놀랐다.

왼쪽 이마에서부터 눈을 지나 콧등까지 대각선으로 깊은 흉터가 있었던 것이다.

누가 봐도 검상인 그 흉터 탓에 그의 왼쪽 눈도 성치 않왔다.

"너구나, 설백의 손녀가. 그 망할 영감이 손녀는 잘 키웠군."

할아버지인 설백을 언급하는 자. 설시연은 그의 얼굴에 있는 검상이 설백에 의해 생긴 상처라는 것을 알아차렸다.

"당신은 누군가요?"

"네 할아버지에게 이 상처를 입은 자지. 한쪽 눈이 안 보여서 활 쏘는 데 얼마나 불편한 줄 아느냐?"

설시연이 그를 쏘아 보았다. 하지만 상대는 그녀의 눈빛이 아무렇지도 않다는 듯 태평한 표정이었다.

"어쨌든 이 빚, 네게 받아야겠구나."

그렇게 말한 상대가 순식간에 그 자리에서 사라졌다. 당황하는 설시연의 귀에 방금 전 그자의 목소리가 들렸다.

"잘 막아 보거라. 내 화살은 자비가 없어."

모습은 보이지 않았고 목소리가 들린 방향이 어딘지도 알 수가 없었다.

사방에 그가 있는 것처럼 설시연 주변에서 상대의 목소리가 울리고 있었다.

너무 성급하게 판단하고 이곳까지 쫓아 들어왔다는 생각이 들었지만 이미 돌이킬 수 없는 상황이 되어 있었다.

설시연이 이를 악물며 백아를 고쳐 잡았다.

　　　　　*　　　　　*　　　　　*

　의식을 잃었던 서윤은 계속되는 흔들림에 조금씩 정신을
차리고 있었다. 의식이 돌아오기 시작하고 얼마 후에야 자
신이 누군가의 등에 업혀가고 있다는 걸 알아차렸다.

　"멈춰."

　서윤이 힘겹게 입을 열었다. 하지만 달리는 데 집중하고
있는 위지강은 그 목소리를 듣지 못했다.

　서윤이 인상을 찌푸렸다. 흔들림 탓인지 골이 아파왔다.

　"멈추라니까."

　"어?"

　조금 더 힘주어 말하자 그제야 목소리를 들은 위지강이
멈춰 섰다. 적들의 공격도 소강상태인지라 숨을 돌릴 필요
도 있었다.

　멈춰 선 위지강은 등에 업고 있던 서윤을 조심스럽게 내
려놓았다. 그래도 기력을 많이 회복했는지 서윤은 두 다리
로 버티고 서 있었다.

　"괜찮아요?"

　"괜찮아. 근데 다들 어떻게 된 거야?"

　서윤의 물음에 위지강이 자초지종을 설명했다. 그에 묵묵

히 듣고만 있던 서윤이 가만히 고개를 끄덕였다.

"나머지는 어디 있어?"

"적들이 따라 붙어서 일단 전 먼저 빠져나왔습니다."

"혼자?"

"예. 천보 부대주의 명령이라⋯⋯."

위지강의 말이 끝나기가 무섭게 천보를 비롯한 의협대원들이 하나둘씩 모습을 드러내기 시작했다.

다들 의식을 찾고 멀쩡하게 서 있는 서윤의 모습을 보며 안도하는 기색을 보였다.

"그런데 누이는?"

대원들을 훑어보던 서윤은 설시연의 모습이 보이지 않자 천보에게 물었다.

"그러고 보니 아까 대열을 이탈했습니다. 한쪽을 맡겠다면서요."

"얼마나 됐습니까?"

"반 시진 정도 된 것 같습니다."

천보의 말에 서윤이 심각한 표정을 짓고는 다시 물었다.

"여기가 대충 어디쯤입니까?"

"호남성에 거의 다 와 갑니다."

"누이가 이탈한 지점은 어디쯤이죠?"

"그러니까⋯⋯."

천보가 설시연이 이탈한 지점을 대략적으로 설명하기 시작했다. 그의 이야기를 들은 서윤이 고개를 끄덕이고는 대원들에게 말했다.

"곧장 호남성으로 가십시오. 전 누이를 데리고 가겠습니다."

"괜찮으십니까?"

천보의 물음에 서윤이 고개를 끄덕였다.

그 큰 싸움을 하고 괜찮을 리가 없었다. 그렇지 않다면 의식까지 잃었었겠는가.

게다가 정신적으로도 충격이 상당할 텐데 다시 설시연에게 간다하니 걱정이 될 수밖에 없었다.

"전 괜찮습니다. 후개와 의선께서도 와 계시다고 했죠?"

"그렇습니다."

"혹시 모르니 의선께 준비하고 계시라 전해 주십시오."

"알겠습니다."

천보의 대답에 고개를 끄덕인 서윤은 대원들을 다시 한 번 훑은 뒤 설시연이 이탈한 지점을 향해 빠르게 사라졌다.

*　　　*　　　*

설시연은 두 손으로 검을 움켜 쥔 채 날카로운 눈빛으로 주변을 살폈다.

완벽하게 기척을 숨긴 적.

이런 상황에서 아까처럼 강한 화살이 날아온다면 속수무책으로 당할 수밖에 없었다.

그렇다고 지금 이 자리를 피할 수도 없었다.

몸을 빼내려고 하는 순간 쥐도 새도 모르게 화살이 날아와 등에 박히고 말 테니까.

이러지도 저러지도 못할 상황이라면 최대한 버티면서 기회를 엿보는 수밖에 없었다.

설시연은 천천히 움직였다.

너무하다 싶을 정도로 천천히 움직였다. 하지만 화살은 아직까지 한 대도 날아오지 않고 있었다.

'혹시?'

설시연은 문득 적이 자신을 이렇게 붙잡아두고 동료들에게 간 건 아닐까 하는 의심이 들었다.

쒜에에엑!

그 순간 그녀의 생각이 잘못된 생각이라는 걸 일깨워 주기라도 하려는 듯 화살이 날아왔다.

화살이 날아오는 것을 느낀 순간 그녀의 코앞에 화살이 다가와 있었다.

쩌엉—!

동물적인 감각으로 화살을 쳐낸 설시연이 인상을 찌푸렸다. 손에서 느껴지는 저릿함이 아까와는 차원이 달랐다.

'더 강하고 빨라.'

쳐낸 것이 용하다는 생각이 들 정도의 위력이었다.

보이지 않는 것도 불리한데 이 정도 위력의 공격이라면 이겨내기가 어려울 듯했다.

하지만 설시연은 더욱 이를 악물었다.

이제 더 이상 물러서는 짓 따위는 하지 않겠다고 마음먹었다.

서윤이 쓰러진 이상 자신이 좀 더 버텨서 동료들에게 힘이 되어야 한다는 생각뿐이었다.

쒜에에엑!

또다시 화살이 날아왔다.

이번에는 한 대가 아니라 세 대였다.

핑그르르르!

설시연은 두 눈을 부릅뜨며 신형을 회전시켰다.

찌이익!

앞서 날아온 두 대의 화살이 그녀의 옷자락을 찢고 날아갔다. 그리고 마지막 화살은 마치 노리기라도 한 듯 그녀의 미간을 찌르고 있었다.

쩌엉!

다시 한 번 그녀가 화살대를 쳐냈다. 그러나 이번에는 조금 늦었는지 화살촉이 어깨를 스치고 지나갔다.

멈춰선 설시연은 주변을 훑으며 빠르게 어깨 쪽의 혈을 점해 지혈을 했다.

스쳐 지나간 것이지만 화살의 회전력 때문인지 생각보다 깊은 상처가 났다. 그나마 다행이라면 왼쪽 어깨라는 점이었다.

'어디야!'

설시연의 눈이 빠르게 주변을 훑었다.

숨어 있는 자가 더욱 유리한 지형.

설시연은 필사적으로 주변을 훑으며 상대를 찾아내려 했다.

쉐에에엑!

또다시 한 대의 화살이 날아왔다.

그 순간 설시연의 눈이 빛났다. 순간적이지만 상대의 기척이 느껴졌던 까닭이었다.

팍!

설시연이 자세를 낮추며 앞으로 쏘아져 나갔다.

픽!

화살대는 아슬아슬하게 그녀의 머리 위를 지나갔다. 머리카락과 화살 사이에 공간이 제법 있었음에도 그 위력 때문에 머리카락 일부가 잘려 나갔다.

설시연이 빠른 속도로 기척이 느껴진 쪽으로 쏘아져 나갔고 그와 동시에 그 자리에서 멀어지는 상대의 기척이 느껴졌다.

'늦었어.'

기척이 느껴진 자리에 도착했으나 그곳에는 아무도 없었다. 철저히 거리를 벌리며 반격의 기회를 주지 않겠다는 것 같았다.

'예측을 해야 해. 예측을.'

보고 느낀 후 움직이면 늦을 수밖에 없다. 상대의 움직임을 파악하고 미리 움직여야 했다.

설시연이 다시 이를 악물었다.

                    *   *   *

다시 한 번 거리를 벌린 상대는 입가에 비릿한 미소를 짓고 있었다. 이런 식이라면 그녀는 절대 자신을 잡을 수 없었다.

유리해도 한참 유리한 상황.

아니, 유리함을 넘어 이미 이긴 싸움이라 봐도 무방했다.

그가 애꾸가 된 자신의 한쪽 눈을 어루만지더니 낮은 목소리로 중얼거렸다.

"네 할애비는 이런 상황에서도 기어코 내게 이 상처를 냈다. 과연 넌 어떻게 할 테냐?"

그의 얼굴에 흥미진진한 표정이 피어올랐다.

설시연은 잔뜩 인상을 찌푸렸다.

생각보다 왼쪽 어깨에서 올라오는 통증이 상당했다. 적의 위치를 파악하기 위해 더욱 신경 써야 하는 상황임에도 집중을 할 수가 없었다.

'이대로 가다간 화살에 맞기 전에 지쳐 쓰러질 거야.'

"후우……."

설시연이 숨을 골랐다.

그러고는 침착하게 생각하기 시작했다.

'상대는 날 보고 있어. 그렇다는 건 그리 멀지 않은 거리에 있다는 뜻.'

화살의 거리가 아무리 멀다 한들 시야에 없으면 겨냥할 수가 없다. 그렇다면 가시거리 안에 있다는 뜻이고 이는 설시연의 시야에도 닿을 거리에 있다는 뜻이었다.

'게다가 직선거리에 있겠지.'

지금까지 날아온 화살은 모두 직선으로 날아왔다. 화살의 특성상 곡선으로 쏠 수는 없을 터. 아주 약간의 호선을 그릴 수는 있겠지만 이는 직선의 연장선으로 봐야 했다.

'엄폐해야 돼.'

설시연은 나무에 바짝 붙었다.

상대가 자신을 보지 못하도록 하기 위함이었다. 나무를 등진 채 숨을 고른 설시연은 다시 한 번 머리를 굴렸다.

'최대한 빠르고 은밀하게. 최대한 겨냥할 시간을 주지 않는다.'

그렇게 생각한 설시연은 슬쩍 고개를 빼고 앞쪽을 살폈다.

짧은 시간이었지만 나무들의 위치를 파악한 설시연은 머릿속으로 동선을 그렸다.

'좋아. 간다.'

속으로 중얼거린 설시연은 속으로 숫자를 세다가 곧장 땅을 박찼다.

팍!

빠르게 움직여 미리 봐둔 나무에 바짝 붙은 설시연은 심장이 터질 듯 뛰는 것을 느꼈다.

'후, 힘들어.'

긴장감과 부담감 등이 뒤엉켜 설시연의 정신력을 빠르게 갉아먹고 있었다.

하지만 그럴수록 설시연은 더욱 정신을 바짝 차렸다.

찰나의 방심이 죽음으로 이어질 수 있다는 걸 누구보다

잘 알고 있기 때문이었다.

다시 한 번 숨을 고른 설시연이 다시금 빠르게 다음 나무 쪽으로 이동했다.

'오호!'

설시연의 움직임을 파악한 그의 표정에 감탄의 빛이 스쳤다.

'엄폐를 하고 겨냥할 시간을 주지 않는다. 제법 머리를 굴렸구만.'

속으로 그렇게 중얼거린 그가 화살대 하나를 꺼냈다. 이제 몇 발 남지 않은 화살. 하지만 그는 전혀 신경 쓰지 않는 모습이었다.

"하지만 잘못 생각한 게 있단다, 아이야."

그렇게 중얼거리며 그가 활시위를 당겼다.

드드드득!

금방이라도 끊어질 듯 팽팽하게 당겨진 시위의 끝에는 날카로운 화살촉이 달린 화살이 있었고 그 끝은 설시연이 등지고 있는 나무 쪽으로 향해 있었다.

"내 화살은 나무도 뚫을 수 있단다. 아쉽지만 끝이구나."

그렇게 중얼거린 그가 당겼던 활시위를 놓았다.

쒜에에에엑!

아까보다 훨씬 강한 위력을 담은 화살이 설시연이 숨어 있는 나무 쪽으로 빠르게 날아갔다.

나무를 등지고 있던 설시연은 뒤쪽에서 빠르게 날아오는 화살의 기적이 느껴지자 재빨리 몸을 피했다.

콰직!

간발의 차로 설시연의 머리가 있던 자리로 날카로운 화살 촉이 삐져나왔다.

몸을 굴려 다른 쪽으로 이동한 설시연은 가슴을 쓸어 내렸다. 설마하니 나무까지 뚫을 줄은 생각지 못한 것이다.

"운이 좋았구나!"

상대가 큰 소리로 외치며 모습을 드러냈다.

이제 싸움을 끝내겠다는 것이나 마찬가지였다.

설시연은 이를 악물었다.

자신의 위치가 드러났으니 움직임을 예측하고 화살을 날릴 것이 분명했다.

그렇다고 지금처럼 나무 뒤에 계속 숨어 있을 수도 없었다.

'어쩔 수 없어.'

이대로 가만히 서서 당할 수는 없는 노릇. 설시연은 움직이기로 마음먹고 땅을 박찼다.

팟!

쐐에에엑!

역시나 그녀가 움직일 줄 알았다는 듯 빠르게 화살이 날아왔다.

설시연은 있는 힘을 다해 검을 휘둘러 화살을 쳐낸 뒤 다시 앞으로 쏘아져 나갔다.

하지만 상대에게는 여유가 있었다.

남은 화살은 다섯 대. 손으로 화살통을 한 번 쓸은 그가 화살 하나를 빠르게 뽑았다.

핑!

시위를 당김과 동시에 화살을 쏜 그의 손에는 어느새 또 하나의 화살이 들려 있었다.

핑! 핑! 핑! 핑!

연이어 다섯 대의 화살을 날리는 그. 엄청난 속도의 연사(聯射)였다.

빠르게 쐈다고는 하나 그 위력이 결코 약한 것이 아니었다.

쐐에에엑!

설시연을 향해 다섯 대의 화살이 서로 다른 쪽을 겨냥해 날아들었다.

'피할 곳이 없어!'

설시연이 백아를 쥔 손에 힘을 주었다. 그러고는 진기를 끌어 올리며 빠르게 검을 휘둘렀다.

찌저정!

화살 세 대를 쳐낸 설시연의 코앞에 화살대가 다가와 있었다.

'헛!'

재빨리 몸을 튼 설시연의 콧등에 얇은 상처가 생겼다.

하지만 상처에 신경 쓸 틈이 없었다.

마지막 화살이 지척까지 다가와 있었고 도저히 막거나 피하기가 어려운 거리까지 다가와 있었다.

설시연은 눈을 질끈 감았다.

이대로 죽었구나 싶었던 순간, 자신의 앞에 누군가의 기척이 느껴졌다.

촤라락!

빠른 속도로 달려온 서윤은 설시연의 앞에 멈춰 섬과 동시에 설시연의 앞까지 날아온 화살을 움켜쥐었다.

서윤의 손에 잡혀 앞으로 나아가지 못한 화살이 자신을 놔 달라는 듯 그의 손 안에서 요동쳤다.

하지만 서윤은 화살을 절대 놓치지 않았다.

잠시 그렇게 화살을 움켜쥐고 있던 서윤은 그 위력이 줄어들자 몸을 회전시키며 날아온 방향 쪽으로 화살을 쏘아 보냈다.

쒜에에에엑!

자신이 쏘아 보낸 화살이 도리어 자신을 향해 날아오자 깜짝 놀란 상대가 재빨리 그 자리를 피했다.

콰직!

그러자 서윤이 되돌려 보낸 화살이 상대가 있던 자리를 지나 뒤쪽의 나무에 그대로 틀어 박혔다.

"괜찮아요?"

"가가?"

설시연이 눈을 떴다. 널찍한 서윤의 등이 보이고 살짝 고개를 돌려 자신의 안부를 묻는 그의 옆얼굴이 보였다.

그 순간 설시연은 안도감과 함께 눈물이 터져 나오려는 걸 억지로 참고 있었다.

"괜찮아요."

설시연이 겨우 대답했다. 그에 고개를 끄덕인 서윤이 어느 한 곳을 노려보았다.

화살을 쏴대던 그가 있는 자리였다.

"네놈이 권왕의 제자로구나. 궁금했는데. 역시나 상당한 실력이군. 교주가 탐낼 만해."

그렇게 중얼거리며 모습을 드러냈다.

화살이 다 떨어졌음에도 여유가 넘치는 모습이었다.

"누구지?"

"내 정체를 알아서 뭘 하려고 그러느냐? 저 아이도 그렇고 너도 그렇고."

상대의 말에 서윤은 가만히 그를 노려보았다. 여차하면 출수하겠다는 마음으로 서서히 진기를 끌어 올렸다.

방금 전에 무리한 탓에 다시 내상이 조금 번졌지만 그렇다고 못 견딜 정도는 아니었다.

"이제는 내가 불리한 지경이 되었군."

불리하다 말하는 자의 표정은 전혀 긴장한 표정이 아니었다.

"할아버지한테 원한이 있는 자예요."

"종조부님께?"

서윤의 물음에 설시연이 고개를 끄덕였다.

"정체야 돌아가서 여쭤보면 그만이고. 그 목숨, 여기서 거둬야겠소."

"날 죽일 수 있겠느냐?"

"못 죽일 것도 없소. 화살도 다 떨어진 상대를 무서워할 것도 없고."

"화살이 다 떨어져서 더 이상 아무것도 못할 것 같으면 이리 모습을 드러냈겠느냐?"

그렇게 말하며 상대가 미소를 지었다. 자신감에 찬 미소였다. 하지만 서윤은 그것에 현혹되지 않았다.

"다 늙어서 허세라니. 웃기는군."

"허허! 허세인지 아닌지 시험해 보겠느냐?"

그렇게 말한 상대가 활시위의 한쪽을 풀었다. 그러자 휘어져 있던 활이 꼿꼿하게 펴지더니 얇고 단단한 막대기처럼 변했다.

다른 손에 들고 있던 화살통을 바닥에 내려놓은 상대가 가만히 서윤을 응시했다.

"저 사람, 강해요. 화살대로 제 검을 받아낸 사람이에요."

설시연의 말에 서윤은 가만히 상대를 바라보았다. 상대가 활뿐만 아니라 검술에도 능하다 한들 이대로 보낼 수는 없었다.

"교주가 털끝 하나 건드리지 말라고 했는데 어쩔 수 없구나."

그렇게 말한 상대가 기운을 끌어 올렸다.

그러자 그의 장삼 자락이 펄럭이기 시작하더니 상당한 기운이 뿜어져 나왔다.

서윤 역시 그에 맞서 진기를 끌어 올렸다.

그러자 두 사람의 기운이 허공에서 팽팽하게 맞서기 시작했다.

"허허! 젊은 나이에 벌써 이 정도라니. 교주를 봤을 때 엄청 놀랐는데 놀랄 일이 또 한 번 생기는구나."

그렇게 말하는 상대의 표정은 즐거워하는 것 같았다.

팍!

서윤이 땅을 박찼다.

그러고는 설시연과 비교도 되지 않을 속도로 상대를 향해 쇄도했다.

서윤이 주먹을 뻗었다.

비록 완전히 낫지 않은 내상 때문에 온전한 위력은 아니라 하나 그것만으로도 충분히 위협적이었다.

서윤의 공격에 상대의 눈이 반짝였다.

그러고는 검처럼 만든 활을 빠르게 휘둘렀다.

쾅!

두 개의 거대한 기운이 충돌했다.

그와 동시에 두 사람 모두 튕겨지듯 뒤쪽으로 물러났다.

재빨리 균형을 잡은 서윤이 재차 그에게 달려들었다.

풍절비룡권의 초식이 주변의 공기를 뒤흔들며 상대를 향해 펼쳐졌다.

상대 역시 그에 맞서 활을 휘둘렀다.

콰쾅!

연이어 들리는 폭음.

하지만 두 사람은 눈 하나 깜짝하지 않고 서로를 향해 공격을 퍼부었다.

서윤의 주먹이 다가가면 그 길을 상대의 활이 막았고, 상대의 활이 다가오면 서윤의 주먹이 그것을 튕겨냈다.

짧은 순간 한두 차례의 호흡 만에 수십 합이 교차되었다.

그것을 보고 있는 설시연은 제대로 견디기 어려울 정도의 기압 때문에 잔뜩 진기를 끌어 올려 몸을 보호하고 있었다.

'세상에.'

지금까지 서윤의 실력을 많이 봐왔다고 생각했지만 이 정도까지는 아니었다.

물론 광풍난무나 난마광풍 같은 초식의 위력이 지금 펼치는 초식들보다 위력 면에서는 훨씬 강했다.

하지만 지금 서윤이 보이는 무위는 단순히 위력만으로 설명하기에는 어려웠다.

빠른 판단력과 그에 맞는 적절한 초식 운용, 거기에 결코 약하지 않은 위력까지.

보고 있으면 정말 '고수'라는 말이 딱 어울릴 정도였다.

서윤의 눈이 더욱 날카롭게 빛났다.

그러면서 더욱 진기를 끌어 올리며 주먹을 뻗었다.

한층 위력을 더한 서윤의 공격에 상대의 얼굴에서도 미소가 사라지기 시작했다.

진지한 표정으로 공격을 주고받는 두 사람의 모습은 가히 넝마에 가까웠다.

이미 서윤의 옷은 전대 마교주와의 싸움으로 많이 헤진 상태였기에 상의는 거의 헐벗은 상태가 되어 가고 있었다.

그에 못지않게 상대 역시 이곳저곳이 찢어지고 뜯겨 나가 볼썽사나운 모습을 보이고 있었다.

쿵!

서윤이 힘껏 땅을 찼다.

그러자 묵직한 진동과 함께 기파가 상대를 향해 쏘아졌다.

"합!"

상대가 기합과 함께 활을 수직으로 내리긋자 서윤의 공격으로 인한 기파가 사라졌다.

그 틈을 놓치지 않은 서윤은 어느새 그의 품을 파고든 상태였다.

쾅!

서윤의 주먹이 상대의 몸통에 꽂혔다.

묵직한 타격음이 울렸고 서윤의 손에도 제대로 들어간 것 같은 느낌이 전달됐다.

뒤쪽으로 튕겨 나가는 상대.

하지만 멀리 튕겨지지 않고 중심을 잡고 섰다. 무릎이라도 꿇을 법한 위력이었으나 상대는 두 다리로 꼿꼿하게 서 있었다.

"후후후. 상당하구나, 상당해."

상대가 미소와 함께 말했다. 그 모습을 서윤은 무심한 표정으로 응시하고 있었다.

겉모습은 전혀 흔들림이 없었으나 서윤은 속으로 제법 놀라고 있었다. 비록 내상 때문에 온전한 위력은 아니라 하나 제대로 들어간 공격이었기에 이겼다고 생각한 까닭이었다.

"아쉽구나, 아쉬워. 좀 더 놀 수 있었으면 좋았을 것을. 네 상태가 온전치 않은 것이 너무나 아쉽구나."

'알고 있었어.'

상대의 말에 서윤은 그제야 인상을 찌푸렸다.

통증 때문이 아니라 그의 말처럼 아쉽다는 생각이 들었기 때문이었다.

"나는 활을 들지 않았고 너는 내상을 입은 상태였으니 이번 싸움은 비긴 것이나 다름이 없다. 오늘은 이만 물러 가거라. 다음에 활을 든 나를 상대해 보거라."

그렇게 말한 상대가 활을 거두었다. 다시 시위를 거는 그를 보며 서윤의 눈동자가 흔들렸다.

어떻게 할 것인지 순간적으로 고민이 된 것이다.

"설백은 내가 쏘는 화살을 뚫고 이 상처를 내게 남겼다. 너도 그렇고 저 아이도 그렇고 과연 이렇게까지 할 수 있을지 의문이구나. 만약, 화살을 뚫고 내 목숨을 거두지 못한다면 넌 절대로 교주를 이기지 못할 게다. 그를 만나기 전에 내 손에 죽겠지."

상대의 말에 서윤은 내심 동의하고 있었다.

전대 마교주와 현 마교주의 실력 차이가 어느 정도 되는지는 모르겠지만 그와 싸워 온전히 우위를 점하지 못한 까닭이었다.

"기억해 두거라. 마도에는 마교주만 있는 것이 아니다."

그렇게 말한 상대가 바닥에 내려놓았던 화살통을 들고는 발걸음을 옮겼다.

"가요."

설시연이 서윤에게 다가와 그의 팔을 잡아끌었다.

그에 고개를 끄덕인 서윤이 몇 걸음 걷더니 허리를 굽히고는 피를 토했다.

"쿨럭!"

"괜찮아요?"

걱정스럽게 묻는 설시연에게 서윤은 손을 들어 괜찮다는 표시를 했다.

내상이 다시 번지는 바람에 피를 토하기는 했으나 심각한 상태는 아니었다.

"금방 괜찮아질 거예요."

서윤의 말에도 설시연은 걱정스러운 표정으로 서윤을 바

라보았다. 그나마 서윤의 안색이 나쁘지 않아 다행이라는
생각이 들었다.

"가요. 다들 기다리고 있으니까."

"네."

서윤의 말에 설시연은 고개를 끄덕이며 발걸음을 옮겼다.

[나는 궁마존(弓魔尊)이니라.]

'궁마존.'

발걸음을 옮기는 서윤의 귓가에 궁마존의 전음이 파고들
었다. 서윤은 발걸음을 옮기며 몇 번이고 그 이름을 되뇌었
다.

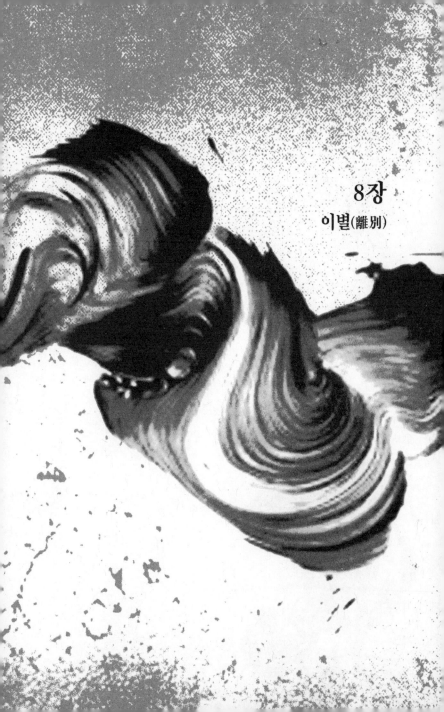

8장

이별(離別)

風神 徐潤

풍신서윤

대륙상단에 머물며 몸에 적응하기 위해 애쓰고 있는 서시는 연일 구슬땀을 흘리고 있었다.

예전보다 힘과 속도 등 모든 것이 월등해졌다.

본인 스스로의 노력으로 차츰 성장한 것이라면 충분히 그에 적응할 수 있겠지만 자신의 원래 힘이 아닌지라 적응하는 데 애를 먹고 있었다.

특히나 몸이 생각만큼 말을 듣지 않다 보니 더욱 힘들기만 했다.

하지만 서시는 묵묵히 적응하기 위해 노력을 게을리 하지 않았다.

그런 그녀의 노력을 봉황곡 살수들도 곁에서 물심양면으로 돕고 있었다.

물론 자칫하면 제대로 조절하지 못하는 서시의 힘에 위험할 수 있었지만 봉황곡 살수들은 그런 건 신경 쓰지 않았다.

"맘처럼 안 되네."

서시가 털썩 주저앉으며 말했다. 마치 몸에 단단하고 두꺼운 옷을 입고 있는 것 같은 기분이었다.

움직이는 것이 불편하다 보니 모든 것이 다 안 되는 것 같았다.

"곧 좋아질 겁니다."

동이 약을 건네며 말했다. 서시는 그 약을 받아 들더니 한 번도 끊지 않고 단숨에 다 마셔 버렸다.

약이 제법 썼지만 서시는 인상도 한번 찌푸리지 않았다.

그래도 동이 주는 약을 먹으면서 움직임이 조금씩 나아지는 걸 느끼고 있는 까닭이다.

하루라도 빨리 몸을 회복하려면 약을 걸러서는 안 된다는 마음에 쓴맛도 이겨낼 수 있었다.

"약 먹으면 좋아지는 거 알아. 근데 시간이 없으니까, 그게 문제지."

서시의 말에 동이 무표정으로 그녀가 건네는 약사발을 받아 들었다.

"소식 들어온 건 없나?"

"아직 없습니다. 뭐, 소저가 깨어났다는 소식을 전한 지 얼마 안 됐으니 답이 오려면 시간이 좀 걸릴 겁니다."

"소저?"

서시가 동을 쳐다보며 말했다. 처음 듣는 소리는 아니었지만 오랜만에 듣는 호칭이라 그런지 많이 어색했다.

"예, 소저. 뭐가 잘못됐습니까?"

"아냐."

아무렇지도 않게 말하는 동을 보며 서시가 얼른 고개를 돌렸다.

잠시 그렇게 앉아 있던 서시가 다시 몸을 일으켰다.

그러고는 뚜벅뚜벅 걸어 공터 중앙으로 향했다. 그것을 잠시 지켜보던 동 역시 몸을 돌려 그곳을 벗어났다.

서시의 훈련은 해가 저물어 어둠이 깔릴 때까지 계속되었다.

한참을 움직여도 힘이 떨어지지 않았고 피로도 쌓이지 않았다. 중간에 잠깐씩 쉬는 건 몸이 힘들어서라기보다는 정신적으로 피로가 쌓여 취하는 휴식이었다.

'이건 참 좋단 말이지.'

그렇게 중얼거린 서시가 손을 내려다보았다.

겉으로 보기에는 예전과 크게 달라진 것이 없는데 마음대로 움직여지지 않는 것이 신기하기도 하고 답답하기도 했다.

그때 봉황곡 살수 한 명이 나타났다.

"알아봤어?"

"시간이 좀 걸릴 듯합니다. 아무래도 인원이 적다 보니……."

"흠……."

수하의 대답에 서시가 작게 한숨을 내쉬었다. 봉황곡이 어쩌다 이렇게 됐는지 한스럽기만 할 뿐이다.

"소문 같은 건 없고?"

"개방 쪽에서 적진을 들쑤시는 모양입니다."

"미친 거 아냐?"

수하의 말에 서시가 어이가 없다는 듯 말했다.

"다른 의도가 있는 건지는 모르겠지만 아무튼 그렇습니다."

"서윤이나 전대 마교주에 대한 소식은?"

"그건 아직……."

"이상하네. 개방에서 서윤에 대한 소문을 일부러 퍼뜨렸다며?"

"그렇습니다."

"만약 서윤이 전대 교주를 이겼다면 진작 소문을 냈을 텐데, 진 건가?"

"이기든 지든 어떤 식으로든 소문이 났을 겁니다. 숨길 수 있는 성질의 것이 아니니까요."

"하, 이놈의 몸뚱이만 제대로 말을 들어도 직접 움직이는 건데."

"애 둘을 보내놨습니다. 조만간 소식이 오겠지요."

수하의 말에 서시가 고개를 끄덕였다.

"고생 좀 해. 부탁할게."

"부탁이라니요. 당치도 않습니다, 곡주."

살수의 말에 괜히 코끝이 찡해진 서시가 몸을 돌렸다.

'나와 봉황곡을 이렇게 만든 놈들, 절대 용서할 수 없다.'

서시가 밤하늘을 올려다보며 다시 한 번 이를 갈았다.

*　　　　*　　　　*

서윤은 설시연과 함께 무사히 호남성으로 돌아왔다.

두 사람이 돌아오자 걱정하고 있던 대원들은 다행이라며 안도했다.

설시연과 서윤은 곧장 회화현에 있는 작은 의원에 미리 자리 잡고 있던 의선에게 간단한 치료를 받았다.

의선은 의원에, 그리고 개방도들은 마을 곳곳에 협조를 구해 객점, 민가 등에 자리하고 있었다.

설시연의 상처야 내상이 아닌 외상이었기에 간단한 치료로 끝날 것이었지만 심한 내상을 입었던 서윤의 치료가 간단히 끝난 것은 의외였다.

하지만 의선이 딱히 치료할 것이 없다고 하는데 그걸 의심할 수도 없는 노릇이었다.

그만큼 서윤의 풍령신공에 대한 해후가 깊어졌다는 뜻이기도 했다.

간단한 치료를 마친 서윤은 의선과 함께 회화(懷化)현까지 찾아온 설백과 마주 앉았다. 그의 처소는 의원 한쪽에 있는 작은 방이었는데 아무래도 의선과 가까운 곳에 있어야 수시로 상태를 살필 수 있기 때문이었다.

"궁마존을 만났습니다."

"뭐라고?"

서윤의 말에 설백이 놀란 표정을 지었다. 그러고는 다시 물었다.

"정말 궁마존이 맞느냐?"

"예. 그자가 직접 밝혔습니다. 한쪽 눈이 애꾸더군요."

"정말 궁마존이라니……."

설백이 믿을 수 없다는 듯 중얼거렸다. 그에 서윤은 가만히 설백을 바라보았다.

"마교에는 사대 마존이 있다. 검마존과 혈마존, 그리고 도마존과 궁마존이지. 하지만 궁마존은 어느 날 갑자기 사라졌다. 아니, 갑자기가 아니라 내가 그의 눈을 그렇게 만든 이후 사라졌다. 제법 오래전 일이지. 아마 직전의 정마대전이 벌어지기 전이었을 게야."

설백이 과거의 이야기를 꺼냈다. 서윤은 가만히 그의 이야기를 듣고만 있었다.

"호사가들은 순위 매기는 것을 좋아하지. 사대 마존을 두고도 그러했다. 대부분의 평가는 검마존이나 혈마존을 일위로 두었지만 아니야. 내가 아는 한 검마존이나 혈마존은 궁마존을 이기지 못한다. 그 정도로 궁마존은 강해."

"상당했습니다, 실력이."

서윤의 말에 설백이 가만히 고개를 저었다.

"너희 둘이, 아니, 연아가 무사히 돌아왔다는 건 그가 제 실력을 다 발휘하지 않았다는 뜻이다. 만약 처음부터 그가 마음먹고 공격했으면 연아는 진작 목숨을 잃었을 게야. 그 정도로 강한 자가 궁마존이다."

설백의 말에 서윤은 아무런 대꾸도 하지 않고 가만히 있었다.

"궁마존이 나타났다니… 허허. 교주만 신경 쓸 게 아니었구나. 궁마존이라니… 궁마존이라니……"

설백이 중얼거렸다.

'그자가 그토록 강한 자였나?'

서윤은 그와의 싸움을 되돌아보았다. 비록 나중에는 표정이 조금 굳기는 했으나 시종일관 여유가 넘치는 모습이었다.

마지막에 몸을 돌려 자리를 벗어날 때까지도.

'쉽지 않은 싸움이구나.'

설백의 말처럼 마교주만 신경 써서는 안 될 일이라는 것이 조금 와 닿는 서윤이었다.

"천만다행이구나. 두 사람 모두 무사히 돌아와서."

"예."

설백의 말에 서윤은 고개를 끄덕이며 짧게 대답했다. 그런 그의 표정에는 복잡한 심정이 고스란히 드러나고 있었다.

설백과의 대화를 마치고 나오자 설시연이 그를 기다리고 있었다. 그녀를 본 서윤은 미소를 지어 안심시켰다.

"괜찮은 거죠?"

"괜찮다니까요. 의선께서도 그러셨잖아요. 며칠 푹 쉬면 다 나을 거예요."

서윤의 말에 설시연이 가만히 고개를 끄덕였다.

그런 두 사람에게 후개가 다가왔다.

"오랜만이오."

"오랜만입니다."

"무사해서 다행이오. 그리고 큰일을 했소."

"피할 수 없는 일이었으니까."

서윤의 말에 가만히 고개를 끄덕인 후개가 잠시 망설이다가 입을 열었다.

"마을 일은 안타깝게 됐소."

"예."

서윤이 어두운 표정을 고개를 끄덕였다. 마을 사람들의 시신을 제대로 수습하지 못한 채 이곳으로 온 것이 너무나 마음에 걸렸다.

"어떻게 해서든 그곳에 가 수습을 할 생각이오."

"너무 애쓰지 않으셔도 됩니다."

서윤의 말에 후개가 고개를 저었다.

"그래도 할 건 해야지."

"갈 때 제게도 얘기해 주십시오. 함께 가겠습니다."

"그렇게 하겠소?"

"그래야지요. 제 손으로 하고 싶습니다."

"알겠소. 너무 지체하는 건 어려울 듯하니 내일 바로 떠날 생각이오. 개방에서 주도적으로 나설 것이고."

"예."

서윤의 대답에 그의 어깨를 몇 번 토닥인 후개가 몸을 돌리려다 말고 말했다.

"아, 그녀가 깨어났다 하오."

"그녀라면……."

"봉황곡주. 깨어났다고 하더군."

"그렇습니까?"

후개의 말에 서윤이 다행이라는 듯 대답했다. 마을 일로 마음이 무거웠는데 서시의 소식으로 조금은 위안을 받는 듯했다.

"그렇소. 의식은 찾았지만 몸을 원래대로 되돌리는 건 쉽지 않은 모양이오."

"의식을 찾은 것만으로도 다행이라 생각해야겠지요."

"아무튼 난 소식을 전했으니… 내일 다시 기별하리다."

"예."

서윤의 대답에 후개가 바쁜 걸음으로 다시 자리를 벗어났다.

"다행이네요."

"그러게요."

설시연의 말에 서윤이 가만히 고개를 끄덕이며 대답했다.

"가요. 대원들이 아까부터 애타게 기다리고 있어요."

설시연의 말에 서윤이 그녀와 함께 대원들이 있는 곳으로 발걸음을 옮겼다.

대기하고 있던 대원들은 서윤이 모습을 드러내자 모두가 기립했다. 큰 부상을 당했지만 지금 모습은 많이 호전된 듯 보여 다들 안도하고 있었다.

서윤을 바라보는 그들의 눈빛은 반짝이고 있었다.

전대 마교주를 죽음으로 몰아넣은 자.

비록 전대라고는 하지만 그 역시도 마도의 최고봉이라는 마교의 우두머리가 아니었던가.

그런 그를 아직 서른도 되지 않은 이가 이긴 것이다.

"다들 고생 많으셨습니다. 특히 위지강."

"대주님께서 고생이 많으셨지요."

서윤의 말에 위지강이 멋쩍게 웃으며 대답했다.

"고맙습니다. 여러분들이 아니었으면 전 목숨을 잃었을지도 모릅니다."

"저희를 몇 번이나 살려주지 않으셨습니까? 저희는 고작
한 번입니다."

천보의 말에 서윤이 가만히 고개를 저었다. 몇 번이 중요
한 것이 아니라 목숨을 구함 받았다는 것이 중요한 것이었
다.

"앞으로는 더욱 힘들어질 겁니다. 맹주님의 상도 끝났고
전대 교주도 죽었으니 저들이 움직이지 않을 이유가 없습니
다."

서윤의 말에 다들 굳은 표정으로 고개를 끄덕였다.

"그전까지 어떤 임무가 내려올지 알 수는 없지만 어떤 임
무든 이번처럼 힘을 합치면 해내지 못할 것이 없을 겁니다."

"명심하겠습니다!"

서윤의 말에 대원들이 우렁찬 목소리로 대답했다.

서윤은 고수다.

그냥 고수가 아니라 절대 고수다.

그런 자가 자신들을 이끄는 수장이다.

그 사실이 대원들로 하여금 자신감을 갖게 만들었고 없
던 힘도 생기게 만들었다.

의협대의 사기는 서윤의 존재 덕분에 가파르게 올라가고
있었다.

　　　　　*　　　　　*　　　　　*

　늦은 밤 시간에 봉황곡 수하가 다시 모습을 드러냈다. 이
번에는 무슨 소식을 들은 듯 잔뜩 상기된 표정이었다.

　"무슨 일이야?"

　"전대 마교주가 죽었답니다."

　"그래? 그렇다면 서윤이 이겼다는 거네?"

　"그렇습니다. 솔직히 그 정도일 줄은 몰랐는데……."

　봉황곡 살수가 놀랍다는 듯 말했다. 하지만 마치 그럴 줄
알고 있었다는 듯 서시의 표정에는 크게 변화가 없었다.

　"별다른 소식은 없고?"

　"그게……."

　머뭇거리는 봉황곡 살수의 표정을 본 서시가 인상을 찌푸
렸다. 좋지 않은 소식이니 머뭇거리는 것이 아니겠는가.

　"무슨 일인데?"

　"전대 마교주와 싸움을 벌인 곳이 서윤의 고향이라고 합
니다. 그곳에 있던 마을 사람들과 친구까지 전대 마교주의
손에 다 죽었다고 합니다."

　"뭐?"

　서시가 제법 충격을 받은 듯 벌어진 입을 다물지 못했다.

고향이나 친구에 대한 이야기를 들은 적은 없지만 서윤이 얼마나 주변의 소중한 사람들을 지키고자 노력해 왔는지는 잘 알고 있는 터였다.

"정신적으로 충격이 컸겠네."

"예. 그 때문에 무리한 탓에 부상이 좀 있었다고는 합니다만 지금은 괜찮은 듯합니다."

그때였다. 동이 설군우와 함께 서시가 있는 곳을 찾았다.

"몸은 좀 어떠시오?"

"많이 좋아졌습니다."

서시가 옅은 미소를 지으며 대답했다.

"방금 무림맹으로부터 전갈이 왔소."

"그런가요?"

"그렇소. 전대 교주는 죽었고 다행이 윤이는 무사하다 하오."

"방금 전해 들었습니다."

설군우의 말에 서시가 그제야 얼굴을 딱딱하게 굳히며 대답했다.

"그렇구려. 윤이와 제법 친분이 있다 하여 알려줘야 할 것 같아 이렇게 늦게 찾아왔소."

"감사합니다. 안 그래도 날이 밝으면 그곳으로 가볼까 합니다."

"움직여도 되는 것이오?"

"아직 완전하지는 않지만 많이 적응되었습니다. 이곳에서 이러기보다는 직접 움직이는 편이 적응도 더 빠를 것 같고요."

"아직은 무리가 좀 있을 겁니다."

설군우의 곁에 서 있던 동이 말했다.

"괜찮아. 덕분에 많이 좋아졌어. 고마워."

"아닙니다."

동이 무미건조하게 대답했다. 하지만 서시를 바라보는 시선에서 걱정하는 빛이 보였다.

"꼬박꼬박 챙겨 먹게 약 좀 지어줘. 아니면 처방이라도. 마을에 들를 때마다 의원에 가서 지어 먹게."

"알겠습니다. 아침에 떠나기 전까지 작성해 놓지요."

동의 말에 서시가 미소를 지으며 고개를 끄덕였다. 그러고는 설군우를 보며 물었다.

"전할 말씀이나 물건 같은 건 없으신가요? 전해 드리겠습니다."

서시의 물음에 잠시 생각하던 설군우가 입을 열었다.

"떠나기 전 서찰 한 장 써줄 테니 그걸 아버지께 전해주시오."

"알겠습니다. 내일 떠나기 전에 찾아뵙겠습니다."

서시가 고개를 숙였고, 설군우는 고개를 몇 번 끄덕이고
는 몸을 돌렸다.

"몇 시에 출발하실 예정입니까?"

"묘시 말에. 너희는 그냥 여기 있어."

"예?"

서시의 말에 봉황곡 살수가 무슨 소리냐는 듯 되물었다.

"어차피 너희는 따라오지도 못해. 혼자 갈 테니 너희는
여기 남아."

"하지만……."

"자꾸 같은 말 하게 만들지 마. 예전보다 성격이 더 더러
워졌거든?"

"…알겠습니다."

서시의 엄포에 봉황곡 살수가 고개를 숙이며 대답했다.

다음 날, 묘시 말.

떠날 채비를 마친 서시가 설군우의 집무실을 찾았다.

이른 시간이었지만 그의 집무실에는 불이 밝게 켜져 있었
다.

"들어가도 되겠습니까?"

"들어오십시오."

서시의 목소리에 설군우가 그녀를 안으로 들였다.

밤새 잠을 자지 않았는지 설군우의 눈에는 피로가 쌓여 있었다.

"여기 있소."

설군우가 밤새 고심해서 쓴 것으로 보이는 서찰 한 장을 건넸다. 그것을 받아 든 서시는 곧장 서찰을 품에 넣었다.

"이것만 전하면 되나요?"

"그렇소. 부탁하오."

"알겠습니다. 그동안 감사했습니다. 다음에 오면 그때 정식으로 다시 인사하겠습니다."

"그러시구려."

설군우가 옅은 미소를 지었다. 서시는 그에게 고개를 숙이고는 집무실을 빠져나왔다.

그녀가 떠나자 설군우는 작게 한숨을 내쉬고는 의자에 몸을 기대며 눈을 감았다.

*   *   *

서윤이 회화현에 도착한 다음 날.

아침 일찍부터 개방도들이 분주하게 움직였다. 진작 일어나 있던 서윤도 채비를 마치고 그들을 물끄러미 바라보고 있었다.

다시 마을까지 가려면 제법 시간이 걸릴 텐데 그사이에 부디 시신들이 훼손되지 않고 무사하기만 바랄 뿐이었다.

"괜찮아요?"

"그럼요."

설시연이 다가와 묻자 서윤이 고개를 끄덕이며 덤덤하게 대답했다. 서윤의 그런 모습이 설시연은 왠지 더 슬프게 보였다.

"대원들도 다들 준비 끝났어요."

"쉬고 있어도 되는데."

"쉬란다고 쉴 사람들이 아니잖아요."

설시연의 말에 서윤이 옅은 미소를 지었다. 마치 자신의 일인 것처럼 나서 주는 대원들의 마음 씀씀이가 고마울 따름이었다.

그러는 사이 채비를 모두 마친 대원들이 서윤 쪽으로 다가왔다. 그와 동시에 개방도들도 준비를 모두 끝낸 듯 보였다.

"가죠."

서윤의 말에 대원들이 그의 뒤를 따랐다. 서윤의 발걸음만큼이나 마을로 향하는 일행들의 분위기도 무거웠다.

마을로 향하는 일행들 앞에 적들은 모습을 보이지 않았

다. 이따금 지켜보는 시선들이 느껴지기는 했으나 공격할 의사를 보이지는 않았다.

그러다 보니 개방도들이나 의협대도 그들의 시선을 애써 무시하고 마을로 발걸음을 옮길 뿐이었다.

느리지 않은 속도로 움직였으나 호남성 회화현을 떠나 귀주성의 마을에 도착하기까지 나흘의 시간이 걸렸다.

마을이 가까워오자 퀴퀴한 냄새가 점차 진해졌는데 말하지 않아도 시체 썩는 냄새라는 걸 알 수 있었다.

냄새가 심해질수록 대부분의 사람들이 인상을 찌푸렸으나 서윤은 그러지 않았다. 오히려 두 눈 가득 슬픔이 짙게 묻어날 뿐이었다.

사람은 누구나 죽는다.

하지만 이런 식의 죽음을 원하지는 않을 것이다.

긴 잠에 빠지듯 편안하게 죽음을 맞이하고 편히 저승으로 갈 수 있도록 누군가가 그 시신을 잘 수습해 주길 바랄 것이다.

그런데 마을 사람들은 원치 않는 죽음을 맞이한 것도 모자라 아무렇게나 방치되어 있었다.

얼마나 한스러울 것인가.

편히 저승으로 떠나지 못하고 근처를 맴도는 건 아닐까 하는 생각에 서윤은 더욱 마음이 아팠다.

그리고 그 모든 것이 자신의 탓인 것 같아 더욱 슬펐다.

의협대원들의 마음이라고 다르지 않았다.

지난번에도 그렇고 지금도 그렇고 이런 식으로 이곳을 다시 찾게 된 것이 안타까울 따름이었다.

마을에 들어선 일행들은 눈앞에 펼쳐진 광경을 차마 제대로 바라보지 못했다.

잠시 서서 눈을 꼭 감은 채 감정을 추스른 서윤이 먼저 발걸음을 옮겼다.

부패가 시작된 터라 몇몇은 그 모습을 알아보기 어려울 정도였다.

한 걸음씩 내디딜 때마다 서윤의 시야가 조금씩 흐려졌다. 눈물이 올라오기 시작했고 참으려 해도 참을 수가 없었다.

도대체 이들이 왜, 무엇 때문에 이런 일을 당해야 한단 말인가.

지금까지 자신은 무엇을 했단 말인가.

가족과 같은 이들의 주검 앞에서 서윤은 고개를 들 수가 없었다.

"흑, 흑……."

결국 서윤은 눈물을 흘리고 말았다.

"가가……."

설시연이 그의 곁에 다가와 어깨를 다독여 주었다. 그렇게 서윤은 한참을 서서 흐느꼈다.

마음이 좀 진정되고 난 후에야 시신을 수습할 수 있었다. 주도적으로 일을 진행한 건 개방도들이었지만 서윤과 의협 대도 적극적으로 도왔다.

시신을 바닥에 곱게 눕히고 미리 준비해 온 천으로 시신을 감쌌다. 시간이 촉박해 관을 준비할 수는 없었다.

우인과 소옥의 시신은 서윤이 직접 수습했다.

부패가 진행됐지만 서윤은 전혀 개의치 않고 두 사람의 시신을 조심스럽게 들어 천 위에 올린 뒤 정성스럽게 감쌌다.

핏기 없는 새하얀 얼굴을 보니 또다시 눈물이 터져 나올 것 같았지만 서윤은 이를 악물고 참았다.

두 사람의 마지막 가는 길에 눈물을 보이고 싶지는 않았다.

얼마나 이를 악물었는지 턱이 다 아플 정도였다.

한 시진 정도 지나자 모든 시신을 하얀 천으로 덮어 수습할 수 있었다.

지금 할 수 있는 유일한 방법은 화장뿐.

서윤은 잠시 서서 수습한 시신을 바라보았다. 그러고는

가만히 눈을 감고 고개를 숙였다.

'미안합니다. 죄송합니다. 제가 아직 힘이 많이 부족한 모양입니다. 정말 죄송합니다.'

속으로 그렇게 중얼거리던 서윤은 다시 한 번 눈물이 나려는 걸 겨우 참아내고는 다시 속으로 말을 이었다.

'그리고 고맙습니다. 여러분 덕분에 홀로 남았던 제가 밝게 지낼 수 있었습니다. 제게 베풀어 주신 그 마음, 절대 잊지 않겠습니다. 그리고 이 복수는 꼭 하겠습니다.'

그렇게 중얼거리며 서윤은 으스러지도록 주먹을 쥐었다.

부들부들 떨리는 그의 몸을 설시연은 안쓰럽게 바라보았다. 어떤 위로의 말이든 해주고 싶었지만 차마 입이 떨어지지 않았다.

묵념을 마친 서윤이 고개를 돌렸다. 그러자 개방도 한 명이 미리 준비한 횃불을 서윤에게 건넸다.

화르르륵!

서윤이 시신 하나하나에 불을 붙였다.

천에 불이 붙기 시작했고 순식간에 시신들이 타들어갔다. 뜨거운 열기에 개방도들과 의협대는 뒤로 물러섰고 서윤도 몇 걸음 물러서서 그 모습을 지켜보았다.

작은 크기로 시작한 불길이 한데 모여 하늘 높이 치솟았다.

그것을 보며 서윤은 마치 그들의 혼이 하늘로 올라가는 것 같이 느껴졌다.

'위에서 지켜봐 주세요. 그리고 우인아, 소옥아. 훗날 만나거든 예전처럼 웃고 떠들면서 시간 보내자꾸나.'

치솟는 불길을 향해 마지막 말을 전한 서윤의 표정은 슬픔과 함께 다부진 각오가 드러나 있었다.

9장

임무(任務)

風神徐間

풍신서윤

　마교주는 차가운 표정을 하고 누군가를 쳐다보고 있었
다.

　그의 앞에는 서윤, 설시연과 일전을 벌였던 궁마존이 앉
아 있었다.

　"제가 분명 건드리지 말라고 했을 텐데요."

　"그랬지."

　마교주의 차가운 말투를 궁마존은 대수롭지 않게 받아
넘기고 있었다. 그 모습이 마교주의 심기를 더욱 건드리고
있었다.

"제 말이 말 같지 않으십니까?"

"말같이 들리니까 알아들었겠지."

쾅! 콰직!

궁마존의 말에 마교주가 더 이상 화를 참지 못하고 앞에 있는 탁자를 내려치자 탁자가 산산조각 났다.

마교주의 몸에서 무시 못 할 기운이 뿜어져 나왔다.

"이게 지금 뭐 하는 짓이지?"

궁마존이 눈썹을 찌푸리며 나직이 말했다. 그의 몸에서도 마교주의 기운에 맞서 묵직한 기운이 뿜어져 나오고 있었다.

마교주는 말없이 궁마존을 노려보았다.

"그 눈빛, 마음에 안 드는군."

"왜 제 명령을 어기십니까?"

명령이라는 말이 거슬렸을까. 궁마존의 눈썹이 꿈틀거렸다. 그러고는 분노를 억누르며 나직이 말했다.

"네가 아무리 지금의 마교를 이끌어 가는 교주라지만 내게 교주는 네가 아니다. 내게 교주라고는 네 아버지뿐. 내 충성심 또한 그분에게만 향해 있다. 내가 지금처럼 네게 최소한의 충성을 하는 것만으로도 고맙게 여겨야 할 것이다."

"그걸 말이라고!"

"갈!"

궁마존이 기운을 더욱더 폭발시키며 마교주의 말을 막았다.

"어린 나이에 제법 실력이 있다고 눈에 뵈는 게 없는 모양이구나! 그 알량한 무공 실력으로 나를 이길 수 있을 것 같더냐? 나 궁마존을!"

궁마존의 기운은 마교주의 기운에 결코 뒤지지 않았다.

마교주와 궁마존의 팽팽한 기 싸움이 펼쳐졌고 둘 다 기운을 거둬들일 생각이 없는 듯 보였다.

그렇게 얼마의 시간이 흘렀다.

결국 기운을 먼저 거둬들인 건 궁마존이었다.

어찌 되었든 눈앞에 있는 사람은 마교주였다. 게다가 큰일을 앞둔 상황. 이런 식의 소모적인 감정싸움은 안 좋은 결과만 낳을 뿐이었다.

궁마존이 기운을 거둬들이자 마교주 역시 기운을 거둬들였다.

"앞으로 해야 할 일이 있으니 여기서 그만하도록 하지. 도모하는 일에 대해서는 최대한 협조하겠으나 그 외의 일에서는 나에게 이래라저래라 하지 말거라. 내 목숨 정도야 언제든 거둬갈 수 있다고 생각하는지 모르겠지만, 그 생각이 틀렸다는 걸 알게 해줄 테니."

그렇게 말한 궁마존이 자리에서 일어나 밖으로 나갔다.

"후……."

궁마존이 나가고 마교주가 화를 삭이려는 듯 깊은 한숨을 내쉬었다.

그러자 밖에서 대기하고 있던 여인이 안으로 들어왔다.

"알고 있었나?"

"모르고 있었습니다."

여인의 대답에 마교주가 차가운 눈빛으로 그녀를 바라보았다. 하지만 그녀의 표정은 조금의 변화도 없었다.

"더욱 철저히 감시하도록."

"알겠습니다. 하지만 마음만 먹으면 감시쯤이야 얼마든 따돌릴 수 있는 분입니다."

"안다. 그래도 감시 해. 교내에서 내가 통제하기 어려운 유일한 사람이다. 무슨 짓을 저지를지 몰라."

"네."

여인이 짧게 대답했다. 그에 마교주는 머리가 아프다는 듯 관자놀이를 어루만졌다.

겉으로 크게 드러나지는 않고 있지만 분명 마교 내에는 자신에게 온전히 충성을 바치지 않는 사람들이 존재했다.

궁마존이 앞장서서 자신을 무시하기 시작하면 그들도 점차 대놓고 반기를 들지도 모를 일이었다.

앞도적인 힘을 가진 마교주.

그리고 그에 못지않은 힘을 가진 궁마존.

언제 터질지 모를 뇌관이 마교 내에 존재하고 있었다.

*   *   *

마을에서 시신을 수습하고 돌아온 서윤은 의협대와 함께 무림맹으로 복귀하려 했다.

하지만 후개의 부탁에 일단 회화현에 남았다.

서윤 역시 감정을 추스를 휴식이 필요했기에 회화현에 좀 더 남기로 했다.

그렇게 며칠의 시간이 더 지나고 손님이 서윤을 찾아왔다.

누군가가 찾아왔다는 소식에 처소 밖으로 나간 서윤의 눈이 커졌다.

의식을 찾았다던 서시. 그녀가 눈앞에 서 있었다.

"오랜만이야?"

예전 같지 않은, 어딘지 모르게 쓸쓸하면서도 어색한 미소와 함께.

서윤과 서시는 마주 보고 앉아 있었다.

설시연은 오랜만에 만나는 두 사람을 위해 자리를 피해 주었다.

서윤이 다른 여인과 함께 있는 것이 썩 내키지는 않았지만 겉으로 내색하지 않았다.

오랜만에 마주한 두 사람 사이에는 어색한 공기가 흘렀다. 그런 어색함을 밀어내려는 듯 서윤이 먼저 입을 열었다.

"깨어나서 다행이군."

"고마워. 덕분이야."

서시의 말에 서윤은 가만히 고개를 끄덕였다.

"몸은 어떻지?"

"아직 어색해. 내 몸 같지가 않아. 조금씩 적응하고 있긴 하지만 시간이 좀 걸릴 것 같아."

"다른 부작용 같은 건 없고?"

"있을지도 모른다는 얘기는 들었는데 아직까지 그런 건 못 느끼겠어. 동이 지어준 약이 효과가 좋은 모양이야."

"실력 있는 친구지. 의선께서 탐낼 정도로. 여기에 계시니 확인 차 진료라도 한번 받아 봐."

"그래야지. 그보다, 친구 일은 들었어."

서시의 말에 서윤의 표정이 조금 어두워졌다.

"전대 마교주의 짓이야?"

"그래. 애초에 내가 그곳으로 돌아가는 게 아니었어."

"당신 잘못 아니야. 그러니 자책하지 마."

서시의 말에 서윤이 옅은 미소를 지었다. 과거 황보세가에 방문하기 전에도 비슷한 상황이 있었던 것이 생각난 까닭이었다.

"개방이 적진을 들쑤시고 있다며?"

"그래?"

"몰랐어? 같이 있으면서도?"

"딱히. 신경 쓸 겨를도 없었고 후개도 알려주지는 않았고. 어떻게 알았어?"

"애들 시켜서 알아보라고 했지. 남은 애들이 별로 없어서 좀 오래 걸리긴 했지만."

"미안해."

"뭐가?"

뜬금없는 서윤의 사과에 서시가 의아해하며 물었다.

"봉황곡이 그렇게 된 것. 매영을 만난 것도 사실이고 그녀의 말을 너무 쉽게 믿은 것도 사실이야. 의심하고 또 의심해야 했는데. 나 때문이다."

"또 자책한다. 속아 넘어갈 만큼 연기가 대단했던 거야. 우리 애들도 속았으니까 너무 자책하거나 그러지 마. 살수는 그 누구보다 의심이 많고 신중해. 그런 애들이 속아 넘어갔는데 다른 사람이라고 별수 있나. 지나간 얘기는 그만해. 분위기 우중충하다."

서시의 말에 서윤이 피식 웃었다. 깨어나더니 예전과는 분위기가 또 달라진 것 같았다.

"분위기가 많이 달라졌군."

"그래? 이게 원래 내 성격이고 모습이야. 물론, 전보다 조금 더 과해진 느낌도 없지 않아 있지만. 당신이랑 다닐 때 조신한 척하느라 힘들었어."

"후후. 안 그래도 됐을 텐데."

"처음에는 당신한테 쫄아서 그랬던 거고. 나중에는… 조금 좋아하기도 했고."

서시의 말에 서윤이 놀란 표정을 지으며 그녀를 바라보았다.

"왜 그렇게 놀라? 몰랐나? 하긴 거의 드러내질 않았으니. 영광인 줄 알아. 나 같은 미녀가 먼저 마음 준 경우가 흔치 않아. 아, 밖에 있군."

서시가 설시연을 떠올리며 말했다. 확실히 설시연은 여인인 자신이 봐도 아름다웠다.

"아무튼. 이제 앞으로 어떻게 할 거야?"

"아직 결정된 건 없어. 무작정 적진으로 쳐들어갈 수도 없는 노릇이고. 후개한테서 뭔가 언질이 있겠지."

"하……."

서윤의 대답에 서시가 답답하다는 듯 한숨을 내쉬었다.

"예전부터 정도 무림의 이런 점이 너무 마음에 안 들었어."

"뭐가?"

"무능력해."

서시의 한마디에 서윤이 흥미롭다는 듯 말했다.

"어떤 면에서?"

"설마 듣고 그대로 일러바치는 건 아니겠지?"

"안 그래."

서윤의 대답에 서시가 주변을 한 차례 슬쩍 훑어본 후 입을 열었다.

"구파일방은 자신들이 최고라고 떠들어대면서 정작 내 한 몸 지키기에 급급해. 모래알이지. 잘 뭉치질 않아."

"그건 동의 못 하겠는데? 지금까지 숱한 위기를 넘긴 것도 뭉쳤기 때문에 가능한 거였으니까."

"뭉쳐서 위기를 넘긴 건 맞지. 근데 애초에 큰 위기를 자초한 건 뭉치지 않아서야. 무림맹? 만들어 놓기는 했는데 힘이 없잖아. 구파일방이나 오대세가에서 제대로 된 지원이나 해줬을까? 무림맹이 구심점이 돼서 주도적으로 무언가를 할 수 있는 여건이 안 되어 있잖아."

"생각 많이 했네."

"워낙 보고 들은 게 많다 보니."

서시의 말에 서윤이 작게 한 번 웃고는 다시 물었다.

"그래서?"

"그래서는 뭐가 그래서야. 그냥 답답하다고. 무능력한 게⋯⋯. 내가 맹주였으면 일단 한 군데 치고 봤어. 언제까지 맞고 칠래? 선빵도 날릴 줄 알아야지. 평소라면 모르지만 지금은 전시잖아."

서시의 말에 서윤이 무언가를 생각하는 듯하더니 고개를 끄덕였다.

"그래. 선수 치는 것도 중요하지. 언제까지고 끌려다닐 수 없는 것도 맞고."

"뭐야, 그냥 답답해서 한 말에 동의하는 거야?"

서시가 당황스러워하며 묻자 서윤은 대답 대신 미소를 지으며 자리에서 일어났다.

"의선께 다녀와. 난 후개를 좀 만나야겠어."

방을 나선 서윤은 곧장 후개가 있는 곳을 찾았다.

이곳에 온 뒤로 계속 바빴던 탓에 후개의 얼굴은 많이 핼쑥해져 있었다.

"시간 좀 되십니까?"

"물론이오. 안 그래도 저녁때쯤 찾아갈 생각이었소."

후개의 말에 서윤이 고개를 끄덕이고는 그와 자리했다.

"적진을 들쑤시고 있다 들었습니다."

"어떻게 아셨소? 아, 봉황곡주. 근래 들어 몇몇 낯선 움직임이 있다 싶더니 봉황곡 살수들이었군."

"그렇습니다. 성과는 어떻습니까?"

"귀주, 중경, 감숙성까지는 대충 파악해 두었소."

"고생이 많으셨을 것 같습니다."

"고생은 무슨. 지금까지 제 역할을 못 했으니 빡세게 해야지."

후개의 말에 서윤이 미소를 지었다. 후개 역시 분타주일 때와 비교하면 많이 달라져 있었다.

"그럼 선수를 치죠. 몇몇 거점을 정해서 선공을 가하는 겁니다."

서윤의 말에 후개의 눈이 반짝였다.

"안 그래도 저녁때 찾아가려던 이유가 그것 때문이었소. 내 생각도 선수를 쳐야 한다는 생각이오. 언제까지고 맞은 다음에 칠 수는 없지 않겠소?"

"후후."

후개의 말에 서윤이 작게 웃었다. 서시와 똑같은 말을 후개가 하고 있었기 때문이었다.

"그럼 망설일 것 없이 곧장 시작하지요. 저희 의협대가 선봉에 서겠습니다."

"아직이오."

후개의 말에 서윤이 의아한 표정을 지었다. 그에 후개가 곧장 그 궁금증을 풀어주었다.

"맹의 제갈 군사한테서 연통이 올 것이오. 우리 혼자 다 할 수는 없으니까. 제갈 군사께서 남궁가, 황보가, 팽가와 계획을 짜고 있을 것이오."

"그렇습니까?"

서윤의 물음에 후개가 고개를 끄덕이고는 입을 열었다.

"그러니 그 전까지 몸을 완벽하게 회복해 두시오. 규모는 다른 세가에 비할 바가 못 되지만 의협대가 가장 날카로운 창이 되어야 할 테니."

"알겠습니다."

"저녁때 해야 할 얘기를 미리 했으니 난 좀 쉬어야겠소. 반 시진이라도 눈 좀 붙여야지."

"그렇게 하십시오."

후개의 말에 서윤이 자리에서 일어나 그의 방을 나섰다.

서윤이 후개와 대화를 나누던 그 시각.

서시는 의선을 찾아 간단한 진료를 받았다. 서시의 상태를 살핀 의선은 별 이상이 없다 말하며 뿌듯한 표정을 지었다.

자신이 부재한 상황이라 내심 걱정했으나 동이 조치를 잘 취한 까닭이었다. 훌쩍 성장한 제자를 생각하는 스승의 모습 같았다.

의선에게 진찰을 받은 뒤 곧장 설백을 찾았다. 설백은 서시가 자신을 찾은 것에 의아해하면서도 반갑게 그녀를 맞았다.

"깨어나서 다행일세. 이제 괜찮으신가?"

"네, 많이 좋아졌습니다."

서시가 공손하게 대답했다.

"그래, 나를 찾은 이유가 있는 것 같은데."

"여기 서찰을 가져왔어요. 상단주님께서 전해달라고 하시더군요."

"군우가?"

"네."

서시로부터 서찰을 건네받은 설백은 곧바로 펼쳐보지 않고 한참을 그냥 들고만 있었다.

"고맙네. 자리를 좀 비켜 주겠는가?"

"네. 그럼."

설백의 부탁에 서시가 자리에서 일어나 방을 나섰다. 그

녀가 나가자 설백은 손에 든 서찰을 내려다보며 작은 한숨
을 내쉬었다.

그러더니 조심스럽게 서찰을 펼쳤다. 서찰을 펼치는 그의
손이 가늘게 떨렸다.

＊　　　＊　　　＊

아버지.

몸은 괜찮으신지 모르겠습니다. 건강도 좋지 않으신데 그 먼
곳까지 가 계셔서 걱정이 이만저만이 아닙니다.

아버지.

그날 들은 이야기는 정말로 충격이었습니다. 저도 모르는 아우
가 있고 하필이면 그 아우가 마교주라니……. 순간 머리가 멍해지
고 아무런 생각도 들지 않았습니다.

좋고 싫고 화가 나고 실망하고 이런 감정도 떠오르지 않았습니
다.

그러다가 조금 충격이 가라앉고 나니 아버지가 원망스러웠습
니다.

왜 그러셨을까, 왜.

어머니와 저, 그리고 손자, 손녀까지 있으신 분이 왜 그러셨을
까.

모든 이가 검왕이라 칭송하고 우러러보는 분이 왜 그러셨을까.

이해가 가질 않았습니다.

솔직히 지금도 이해가 가질 않습니다.

생각을 많이 했습니다.

어떤 상황이었을까, 어떤 일이 벌어졌고 어떤 심정이었을까. 무수히 많은 생각을 했습니다.

그러다가 문득 한 가지 생각이 들더군요.

제가 아무리 생각하고 고민한다 한들 달라지는 건 아무것도 없다는 생각이었습니다.

제가 아버지의 아들이 아니게 되는 것도 아니고 궁도와 시연이가 아버지의 손자, 손녀가 아니게 되는 것도 아닙니다.

아우라고는 하지만 얼굴 한 번 본 적 없는 사람이고 적일 뿐입니다.

솔직히 그가 어떤 사람인지는 중요하지 않았습니다.

중요한 것은 우리 가족에게 변한 것은 아무것도 없다는 점이지요.

이제는 아버지를 원망하지 않습니다.

그런 일이 있었고 그런 사실을 저에게 말씀하셨을 때 아버지의 마음은 또 어떠셨을까요.

그리고 굳이 그 사실을 저를 불러 앉혀놓고 말씀하셨을 때에는 어떠셨을까요.

그렇게 생각하니 오히려 아버지가 안쓰럽고 가여웠습니다.

그리고 아들인 제가 힘이 되어드리지 못해 죄송스러웠습니다.

아버지, 건강하십시오.

몸 건강히 돌아오셔서 저와 술 한잔하시지요.

아버지와 술잔 기울인 게 언제인지 기억도 잘 나지 않습니다. 마주 보고 앉아 아버지와 술 한잔하며 검왕과 상단주가 아닌 부자지간의 소소한 이야기를 나누며 작은 행복을 느껴보고 싶습니다.

기다리겠습니다, 아버지.

*   *   *

설백은 설군우의 편지를 읽다가 몇 번이고 눈물을 쏟을 뻔했다. 하지만 글자가 번지면 안 될 것 같아 억지로 참았다.

아들에게 너무나 고맙고 미안했다.

그리고 의식을 잃은 채 누워 있는 서윤과 손녀딸 설시연, 손자인 설궁도에게도 너무나 미안하고 고마웠다.

'그래, 돌아가거든 술 한잔하자꾸나, 아들아.'

설백은 속으로 그렇게 중얼거렸다. 한결 마음이 가벼워진 설백은 눈물 한 방울을 흘렸다.

하지만 그럼에도 그의 표정은 그 어느 때보다 밝았다.

*   *   *

저녁때가 되어 서윤은 대원들을 불러 모았다.

또 다른 임무가 떨어진 건가 싶었는지 대원들의 표정에는 긴장감과 비장함이 묻어났다.

대원들이 모인 자리에는 서시도 함께했다.

이미 그전에 서시에게 앞으로의 일을 함께해 줄 수 있겠냐는 의사를 타진한 상태였다.

그녀 입장에서는 개인적인 원한도 있기에 서윤의 제안을 거절할 이유가 없어 흔쾌히 승낙했다.

서시까지 모두가 모이자 서윤은 대원들을 한 차례 훑었다. 그러고는 미소를 지었다.

"다들 그렇게 긴장할 것 없습니다. 당장 어떤 임무가 떨어진 것은 아니고 앞으로의 계획에 대해 설명하고자 함입니다."

서윤의 말에 대원들의 표정도 조금 풀렸다.

"개방이 굉장히 바쁘게 돌아가고 있다는 건 다들 아실 겁니다. 그간 적들에 대한 제대로 된 정보가 없었고 그러다 보니 저들의 움직임에 맞춰 대응할 수밖에 없었습니다. 당연

히 수세에 몰릴 수밖에 없었던 상황이죠. 하지만 앞으로는
다를 겁니다."

"우리가 먼저 치는 겁니까?"

영호광의 물음에 서윤이 고개를 끄덕였다.

"예. 현재 개방에서 위험을 무릅쓰고 적진을 들쑤시며 거
점을 파악 중입니다. 어느 정도 완성이 되었고 무림맹의 제
갈 군사께 연통이 오는 대로 움직일 겁니다. 우리뿐만 아니
라 남궁세가, 황보세가, 팽가도 함께합니다."

지금까지보다 더 위험한 상황을 맞을 수 있음에도 대원들
의 표정은 어둡지 않았다. 오히려 얼른 그때가 왔으면 좋겠
다는 듯한 눈빛이었다.

"그래. 싸움은 먼저 치는 맛도 있어야지."

"먼저 맞지나 말아라."

위지강의 넉살 좋은 말을 영호광이 받아쳤다. 그러자 위
지강이 억울하다는 듯 말했다.

"제가 지금까지 선빵 날린 게 얼마나 많은데 말씀을 그리
하십니까? 제 주먹이 제법 맵습니다. 한 번 걸리면 끝장이라
니까요?"

그러면서 위지강이 허공에 주먹을 몇 번 휘둘렀다. 그러
자 대원들 사이에서 웃음이 터져 나왔다.

"아무튼 당장은 아니지만 머지않아 임무가 떨어질 겁니

다. 그러니 그때까지 다들 몸 관리 잘해두십시오."

"예!"

서윤의 당부에 대원들은 그 어느 때보다 우렁찬 목소리로
대답했다.

*   *   *

무림맹에는 팽가주와 황보가주, 남궁가주가 와 있었다.

각 세가의 주력은 전선에 놔두고 가주들만 와 있었는데
제갈공의 요청이 있었기 때문이었다.

가주들을 자신의 집무실로 불러 모은 제갈공은 진지한
어조로 입을 열었다.

"맹주님의 상이 모두 끝났습니다. 언제 마도가 움직여도
이상하지 않을 상황이지요."

"그렇지요."

황보가주가 심각한 표정으로 제갈공의 말을 받았다.

"현재 개방에서 적진을 살피고 있습니다."

"그렇습니까? 어떤 움직임이라도 포착이 되었답니까?"

황보가주의 물음에 제갈공이 고개를 저으며 말했다.

"그렇지는 않습니다. 개방이 적진을 살피는 이유는 적들
의 거점을 파악하기 위함입니다. 그리고 어느 정도 성과도

있었고요."

"그렇습니까?"

황보가주가 반색하며 물었다.

"예. 그래서 가주님들을 이렇게 모신 것입니다. 이제는 우리가 선수를 쳐야 하지 않나 싶습니다. 후개의 생각도 그러하고요."

"그래야지요. 그래야 하고말고요."

"무엇보다 사천까지의 길을 뚫는 것이 중요합니다. 현재 당가와 아미, 청성이 너무 고립되어 있습니다. 그들을 돕고 우리도 그들의 힘을 빌려야 적들과의 싸움을 유리하게 끌고 갈 수 있습니다."

제갈공의 말에 세 가주 모두 고개를 끄덕였다.

"일단 회화현에 나가 있는 의협대는 후개의 지령을 받아 움직일 겁니다. 남궁가와 황보가, 팽가는 다른 쪽을 맡아 주십시오."

"얼마든지요. 어떻게 하면 되겠습니까?"

팽가주의 물음에 제갈공은 펼쳐놓은 지도를 가리키며 세 가주에게 계획을 설명하기 시작했다.

*   *   *

마교주는 좌중을 둘러보았다.

모두가 기대하고 있는 눈빛으로 자신을 바라보고 있었고 그 정점에 서 있는 기분이 썩 나쁘지는 않았다.

"먹이를 기다리는 아기 새 같은 표정들이군."

마교주의 말에 좌중의 입가에 옅은 미소가 번졌다.

"야금야금 갉아먹는 건 여기까지다. 지금부터는 대놓고 칠 것이다. 그래도 전략, 전술은 있어야겠지. 말해 보도록."

그렇게 말하며 마교주가 누군가를 쳐다보았다. 그 자리에는 개방에서 도망친 묵걸개가 있었다.

"냉철하게 저들의 힘과 우리의 힘을 비교해 봤을 때 확실히 우위에 있습니다. 그냥 쳐들어가도 저들은 제대로 막아 낼 여력이 부족하지요. 한동안은 버티겠지만 그리 오래가지는 못할 겁니다."

"그래서?"

"하지만 짓밟을 때는 확실히 밟아 둬야지요. 사람들이 밟고, 밟고 또 밟은 자리에는 잡초도 자라지 않는 법입니다. 하여 전력을 셋으로 나누려고 합니다."

"셋으로?"

"그렇습니다. 우선 첫 번째로는 마교를 제외한 마도의 주력은 남쪽을 칩니다. 광서성에서 광동성, 그리고 강서성 방향으로 진출하십시오. 그리고 저를 비롯한 마교 전력의 반은 북쪽으로 향합니다. 섬서성과 산서성, 하북성까지 뚫고 갑니다."

"나머지는?"

마교주의 물음에 묵걸개가 미소를 지었다.

"교주님께서 맡으셔야지요. 어떻게 하고 싶으십니까? 제가 추천하고 싶은 건 무당에 들러 몸을 푸신 후 소림을 치시는 겁니다."

"무림맹은?"

"무림맹은 마지막입니다. 사실 정도에서 무림맹의 힘은 생각보다 그리 크지 않습니다. 각 문파들이 이권을 위해 무림맹에 온전한 힘을 실어주지 않았지요. 그럼에도 무림맹을 마지막에 놓은 건 정도 무림의 심장이라는 상징이 있기 때문입니다."

묵걸개의 말에 마교주가 흡족한 표정을 지었다.

"당장 무당과 소림을 치지 않으셔도 됩니다. 포위하듯 그들을 감싸고 궁지에 몰아 한꺼번에 처리해도 되지요. 선택권은 우리에게 있지 그들에게 있지는 않습니다."

"좋아. 방금 나온 이야기를 전체에 전달하도록. 준비가 되는 대로 바로 시작할 것이다."

마교주의 말에 묵걸개가 좌중을 한 번 스윽 훑은 후 말했다.

"이미 모든 준비는 끝났습니다."

"그래? 좋다. 닷새 뒤 출진하겠다. 내가 어떻게 할지는 그 전까지 말해주지."

"알겠습니다."

회의를 끝낸 마교주는 궁마존의 처소를 찾았다.

지난번 일 이후로 처음 마주하는 자리라 불편하기 짝이 없었지만 지금은 어쩔 수 없었다.

"잘 지내셨습니까?"

"못 지낼 것도 없지."

심드렁한 그의 대답에 마교주는 다시 화가 치밀어 올랐지만 인내심을 가지고 참아내었다.

"정도를 칠 계획이 섰습니다."

"그래? 난 무얼 하면 되겠느냐?"

"어떻게 하시겠습니까?"

마교주의 물음에 궁마존이 의아한 표정으로 물었다.

"정도를 치는 일에는 적극 협조하겠다고 했다. 계획도 말해주지 않고 대뜸 어떻게 하겠냐고 물으면 어쩌라는 게냐?"

"명령을 받고 움직이겠느냐, 아니면 독자적으로 움직이겠느냐 하는 걸 묻는 겁니다."

"진작 그렇게 말할 것이지."

마교주의 말에 궁마존이 핀잔을 주고는 잠시 생각에 잠 겼다.

"서로 불편하지 않겠느냐? 계획이 어떻게 되는지만 알려 주면 거기에 방해가 되지 않는 선에서 독자적으로 움직이겠 다."

"그러실 줄 알았습니다."

충분히 예상하고 있던 답변이라 마교주는 바로 수긍하고 는 묵걸개가 말한 계획을 설명해 주었다.

"단순하군. 그럼 넌 어쩔 생각이더냐?"

"뒤따라 천천히 움직일 생각입니다."

"그사이에 소림이나 무당이 다른 쪽으로 지원이라도 가면 어쩔 셈이냐?"

"어차피 저들의 힘은 떨어져 있는 상태. 빈집 털릴 각오가 되어 있다면 지원을 떠날 것이고 내 집 지키는 데 주력하겠 다면 틀어박혀 있지 않겠습니까."

마교주의 말에 궁마존도 고개를 끄덕였다. 사실 소림이나 무당이 어떻게 나오든 그건 중요한 것이 아니었다.

"그 서윤이라는 아이는?"

궁마존의 입에서 서윤의 이름이 나오자 마교주가 인상을 찌푸렸다.

"가만히 놔두십시오. 제가 알아서 합니다."

"알아서 하겠다? 왜 그렇게 그놈에게 집착하는지 모르겠구나."

궁마존의 말에 마교주가 작게 한숨을 쉬더니 입을 열었다.

"전 옛날부터 누가 제 물건에 손대는 걸 지독하게도 싫어했습니다."

"그놈이 네 물건이다?"

"정확히 말하면 장난감입니다."

"장난감이라… 그렇게 말할 수준은 아닌 것 같던데."

궁마존의 말은 마교주의 신경을 긁는 말이었다. 서윤이 마교주의 상대가 되고도 남는다는 뜻이기 때문이었다.

"장난감일 뿐입니다."

"좋다. 장난감이라 치고. 네가 알아서 하기 전에 그놈 손에 나머지가 다 죽으면? 그땐 어쩔 셈이냐?"

궁마존의 물음에 마교주는 묵묵부답이었다.

"쯧쯧쯧. 교주라는 작자가 개인적인 욕심 때문에 밑에 것들을 전부 다 사지로 몰아넣는구나."

궁마존이 한심하다는 듯 마교주에게 말했다. 그러자 마교주는 화가 난 듯 낮은 목소리로 말했다.

"그럴 일은 없을 겁니다."

"그럴 일이 있는지 없는지는 두고 봐야 알겠지. 어쨌든 그

놈은 내가 먼저 만나 봐야겠다."

"말씀드렸습니다. 건드리지 말라고."

마교주가 분노를 표출했다. 하지만 궁마존은 끄떡도 하지 않았다.

"그놈이 날 넘지 못한다면 재미없는 장난감에 지나지 않음이니 가지고 놀지 않는 것이 나을 것이고 날 넘는다면 가지고 놀 재미가 충분한 장난감이 되지 않겠느냐? 네게는 나쁜 일이 아닐 텐데."

궁마존의 말에 마교주는 날카로운 눈빛으로 그를 노려보았다.

"그리고 무엇보다 내가 그놈에게 재미를 느껴서 말이다."

그렇게 말한 궁마존이 지그시 마교주를 응시했다. '어떻게 하겠느냐?'는 의미를 담은 눈빛이었다.

*　　　*　　　*

제갈공으로부터 지령이 날아온 것은 서윤과 후개가 이야기를 나누고 닷새 후였다.

서찰을 받아 든 후개는 곧장 서윤을 찾았다.

"무림맹에서 연통이 왔소."

"시작입니까?"

"그렇소."

후개의 말에 서윤이 고개를 끄덕였다.

"어떻게 하면 됩니까?"

"최우선 과제는 사천까지의 길을 뚫는 것이오."

"당가와 청성, 그리고 아미."

서윤의 말에 후개가 고개를 끄덕였다. 그러고는 가져온 지도를 펼쳤다.

"당가와 청성, 아미는 현재 고립되어 있소. 그나마 셋이 함께 있기 때문에 버티고 있는 것이지 시간이 더 지체되면 무너질 것이오. 하지만 앞으로의 싸움을 생각하면 우리에게 는 그들의 힘이 절실하오."

"그렇겠지요. 그 사이에 걸림돌이 될 것은 없을 것 같습니까?"

"없겠소? 당연히 있겠지. 하지만 아직까지는 작은 언덕에 불과하오."

그러면서 지도의 귀주성을 가리켰다.

"귀주성에서 사천으로 이어지는 곳에 적수(赤水)현이 있소. 귀주성 초입인 동인(銅仁)부터 그곳 사이에 있는 적진 은 총 여덟 곳이오. 물론 소식을 듣는다면 그보다 더 늘어 날 수는 있겠지."

"많군요."

"좀 많소. 그래서 의협대만으로는 버겁다는 생각에 개방이 함께 나설 예정이오."

"개방이?"

"그렇소. 의협대는 빠르게 주파하는 것을 주목적으로 하여 최소한의 적만 상대할 수 있도록 하겠소. 개방이 시선을 분산시키고 미연에 적들을 차단할 계획이오."

"희생이 클 겁니다."

"개방의 강점은 머릿수요. 지금은 그것을 최대한 활용해야지."

그렇게 말하는 후개의 표정은 어두웠다.

어쨌든 방도들을 사지로 몰아넣는 것이 기분 좋은 일은 아니었다.

"귀주성에서 힘을 빼지 않도록 도우려는 또 다른 이유는 사천이오."

"아직 파악이 덜 된 곳이군요."

"그렇소. 시간적으로도 그렇고 사천까지 파악할 여력이 없었소."

"진짜 싸움은 사천에서 벌어지겠군요."

"그렇다고 보면 되오. 어쩌면… 의협대 전부가 위험해질 수 있소."

"뚫을 수 있습니다."

"그렇게 자신할 일이 아니오."

후개의 말에 서윤이 고개를 저었다. 그러고는 후개의 눈을 똑바로 바라보며 말했다.

"제가 뚫습니다. 전원 무사히."

'이자……'

서윤의 말에 후개는 내심 놀랐다.

예전에는 무공은 강하지만 아직 강호인으로서 살아남을 수 있을 만큼 마음이 단단하지 못하다는 인상이 짙었다.

하지만 최근 일을 겪으면서 마음까지도 단단해졌다는 느낌이 강하게 들었다.

'진정한 강호인으로 거듭나는가.'

후개가 속으로 그렇게 중얼거렸다.

그날 저녁, 서윤은 대원들에게 임무를 설명했다.

생각보다 험난한 길이 예상되는 계획임에도 대원들은 두려워하는 기색 없이 덤덤하게 받아들였다.

명령을 전달한 후, 서윤은 설시연과 밤거리를 걸었다.

내일이 되면 언제 또 이렇게 여유롭게 둘만의 시간을 가질 수 있을지 알 수 없었기 때문이다.

"우리 괜찮겠죠?"

"그럼요."

짧은 대답이었지만 설시연은 든든함을 느낄 수 있었다.

"언제 끝날까요, 이 싸움?"

"오래 걸리지는 않을 거예요."

"어떻게 알아요?"

"그냥… 느낌이 그래요. 지금은 서로가 서로에게 최후의
일격을 날리기 직전이라는 생각이 들어요."

"최후의 일격이라… 우리가 그 일격이 되는 건가요?"

설시연의 물음에 서윤은 가만히 고개를 저었다.

"아뇨. 우리가 아니라 내가 최후의 일격이 될 거예요."

"혼자요?"

설시연이 놀라며 물었다. 그에 서윤은 고개를 끄덕였다.

"네. 어차피 끝은 정해져 있어요. 제가 죽든 마교주가 죽
든. 그래야 끝이 나겠죠."

"그런 소리 하지 말아요."

그러면서 설시연이 서윤의 품에 안겼다. 그녀의 몸은 가
늘게 떨리고 있었다.

"걱정 말아요. 내가 죽는 일은 없을 테니."

"그럼요. 그래야죠. 믿어요."

말은 그렇게 했지만 설시연은 두려운 마음이 드는 건 어
쩔 수 없었다.

서윤은 가만히 그녀의 등을 토닥여 주었다.

'좋을 때네.'

먼발치에서 두 사람의 모습을 지켜보던 서시가 씁쓸한 표정으로 발걸음을 돌렸다.

그렇게 얼마를 걸었을까.

발걸음을 멈춘 그녀가 자신의 손을 내려다보았다.

사람이 아니게 된 몸.

의식을 되찾은 후 이렇게 된 것이 싫다거나 서글프다는 생각을 해본 적이 없었다.

하지만 지금 이 순간에는 그런 생각이 강하게 들었다.

이런 몸이 아니라면.

이렇게 되지 않았다면.

물론, 서윤의 곁에 설시연이 있다고는 하나 낮은 가능성이라고 있다면 시도해 봤을 것이다.

하지만 이런 몸을 해서는 자신 있게 서윤에게 다가갈 수가 없었다.

재회했을 때 지나간 일인 것처럼 말했지만 그 마음은 현재까지도 계속되고 있었다.

'하늘이 원망스럽네.'

서시가 하늘을 올려다보며 속으로 중얼거렸다.

어두운 밤하늘에 떠 있는 달은 그런 그녀의 속마음도 모르고 너무나 밝은 빛을 뿜어내고 있었다.

*   *   *

다음 날 이른 아침.

서윤을 비롯한 의협대원들은 떠날 채비를 모두 마친 상태로 집합해 있었다.

전날과 달리 대원들의 표정은 긴장감에 잔뜩 상기되어 있었다.

서윤은 마지막으로 후개에게 상세한 계책을 전해 듣고 있었고 설시연은 설백과 마주하고 있었다.

"조심하려무나."

"네. 걱정 마세요, 할아버지."

설시연이 미소 지으며 설백을 안심시켰다.

"그래. 걱정 안 하마."

그렇게 말한 설백이 서윤이 있는 쪽을 바라보며 말했다.

"윤이 혼자서는 힘들 게야. 네가 그리고 동료들이 옆에서 잘 도와줘야 한다."

"네, 명심할게요."

그러는 사이 후개와 대화를 끝낸 서윤이 두 사람에게 다가왔다.

"이제 가야 합니다."

"윤아."

"예, 종조부님."

"몸조심하거라."

"예. 이제는 쓰러지지 않습니다."

서윤이 다부진 목소리로 말했다. 그에 설백이 긴장감을 풀어주려는 듯 웃으며 말했다.

"그 얘기는 몇 번이나 들었던 것 같구나."

"그랬나요?"

서윤도 멋쩍게 웃으며 머리를 긁적였다.

그러고 보니 지금껏 그 약속을 제대로 지켜본 적이 없는 듯했다.

"이번에는 약속 꼭 지키겠습니다."

"그래. 얼른 가 보거라. 늦었다."

"예, 다녀오겠습니다."

설백에게 인사한 후 서윤과 설시연은 대원들이 있는 곳으로 합류했다.

"그런데 봉황곡주가 안 보이네요?"

"은밀히 따르겠다네요. 그게 살수라면서."

"그래요?"

그렇게 물으며 설시연은 주변을 살펴보았지만 서시의 기

척을 찾아낼 수가 없었다.

"자, 출발합니다!"

서윤의 말에 의협대가 귀주성으로 출발했다. 그 모습을 다른 이들은 근심 어린 표정으로 지켜보았다.

『풍신서윤』 9권에 계속…

초대형 24시 만화방

신간 100%, 샤워실, 흡연실, 수면실(침대석), 커플석, 세탁기 완비

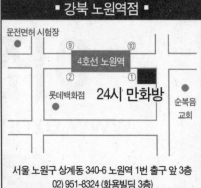

■ 강북 노원역점 ■

서울 노원구 상계동 340-6 노원역 1번 출구 앞 3층
02) 951-8324 (화용빌딩 3층)

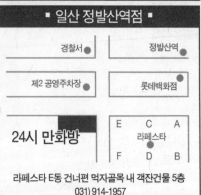

■ 일산 정발산역점 ■

라페스타 E동 건너편 먹자골목 내 객잔건물 5층
031) 914-1957

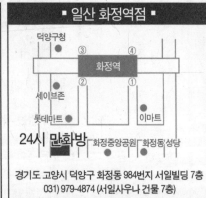

■ 일산 화정역점 ■

경기도 고양시 덕양구 화정동 984번지 서일빌딩 7층
031) 979-4874 (서일사우나 건물 7층)

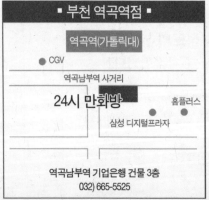

■ 부천 역곡역점 ■

역곡남부역 기업은행 건물 3층
032) 665-5525

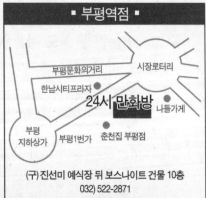

■ 부평역점 ■

(구) 진선미 예식장 뒤 보스나이트 건물 10층
032) 522-2871

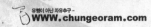

이민섭 新무협 판타지 소설

ORIENTAL HEROES

역천마신

Book Publishing CHUNGEORAM

유행이 아닌 자유추구 -
WWW.chungeoram.com

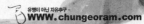

MAJOR LEAGUER

메이저리거

FUSION FANTASTIC STORY

강성곤 장편 소설

꿈꾸는 자에게 불가능은 없다!

『메이저리거』

불의의 사고로 접어야만 했던 야구 선수의 꿈.
모든 걸 포기한 채 평범한 삶을 살던
민우에게 일어난 기적!

"갑자기 이게 무슨 일이지?"

그의 눈앞에 나타난 의미 모를 기호와 수치들.
그리고 눈에 띈 한 단어.
'타자(Batter)'

특별한 능력을 얻게 된 민우의
메이저리그 진출기가 시작된다!

박선우 장편소설
FUSION FANTASTIC STORY

멋진
인생
Wonderful Life

태어나며 손에 쥔 것이라고는 가난뿐.

그러나 내게는 온몸을 불사를 열정과
목숨처럼 소중한 사랑이 있었다.

『멋진 인생』

모두가 우러러보는 최고의 직장이자 가장 치열한 전쟁터,
천하그룹!

승진에 삶을 바친 야수들의 세계에서 우뚝 서게 되는
박강호의 치열하지만 낭만적인 이야기!

Book Publishing CHUNGEORAM

유행이 아닌 자유추구—
WWW.chungeoram.com

궁극의 쉐프

Ultimate chef

가프 장편소설

FUSION FANTASTIC STORY

태초의 우물에서 찾은 사막의 기적.
사람의 식성과 식욕을 색으로 읽어내는 능력은
요리의 차원을 한 단계 드높인다.

『궁극의 쉐프』

요리란!
접시 위에 자신의 모든 것을 담아내는 것.

쉐프란!
그 요리에 자신의 가치를 증명하는 사람.

"요리 하나로 사람의 운명도 좌우할 수 있습니다."

혀를 위한 요리가 아닌, 마음을 돌보는 요리를 꿈꾸는
궁극의 쉐프 손장태의 여정이 시작된다!

Book Publishing CHUNGEORAM

유행이 아닌 자유추구 -
WWW.chungeoram.com

철순 장편소설
FUSION FANTASTIC STORY

괴물 포식자

지구 곳곳에 나타난 차원의 균열.
그것은 인류에게 종말을 고하는 신호탄이었다.

『괴물 포식자』

괴물을 먹어치우며 성장한 지구 최강의 사내, 신혁돈.
그는 자신의 힘을 두려워한 인류에 의해
인류의 배신자라는 낙인이 찍히고 죽게 되는데…

[잠식이 100%에 달했습니다.]
[히든 피스! 잠들어 있던 피닉스의 심장이 깨어납니다.]

불사의 괴물, 피닉스의 심장은
신혁돈을 15년 전으로 회귀하게 한다.

먹어라! 그리고 강해져라!
괴물 포식자 신혁돈의 전설이 시작된다!

Book Publishing CHUNGEORAM

유행이 아닌 자유추구 -
WWW.chungeoram.com